Rügen

und die kleine Schwester Hiddensee

Bekenntnisse eines Schwärmers

Umschlagfoto: Frühlingserwachen

Dirk Eickmeyer

Rügen

und die kleine Schwester Hiddensee

Bekenntnisse eines Schwärmers

Bibliografische Information der Deutschen Nationalbibliothek: Die Deutsche Nationalbibliothek verzeichnet diese Publikation in der Deutschen Nationalbibliografie; detaillierte bibliografische Daten sind im Internet über www.dnb.de abrufbar.

1. Auflage 2017

Eickmeyer, Dirk
dirk.eickmeyer@web.de
Rügen und die kleine Schwester Hiddensee, Bekenntnisse eines Schwärmers

Lektorat: Petra Steinmetz – www.scriptum-et-al.de
Coverdesign, Fotos und Buchlayout: Dirk Eickmeyer

© 2017 Dirk Eickmeyer
Herstellung und Verlag: BoD - Books on Demand GmbH, Norderstedt
ISBN: 9783743149618

Der Rausch ist nicht mehr da, und nicht mehr das Verlangen, allen meinen Lieben die schöne Ferne und mein Glück zu zeigen. Es ist nicht mehr Frühling in meinem Herzen. Es ist Sommer. Anders klingt der Gruß der Fremde zu mir herauf. Sein Widerhall in meiner Brust ist stiller. Ich werfe keinen Hut in die Luft. Ich singe kein Lied. Aber ich lächle, nicht nur mit dem Munde. Ich lächle mit der Seele, mit den Augen, mit der ganzen Haut, und ich biete dem heraufduftenden Lande andere Sinne entgegen als einstmals, feinere, stillere, schärfere, geübtere, auch dankbarere. *1

Inhaltsverzeichnis

Vorwort	9
Stimmen auf dem Meer	11
Zwischen Seen und Bodden	25
Wiek	29
Ummanz	31
Wanderung von Neu Murkan nach Binz	38
Altefähr	39
Frühlingserwachen	41
Roter Wind über dem Jasmund	43
Frühe Blüten	44
Rügen im Regen	45
Altenkirchen	51
Hochfrühling in Binz und Umgebung	57
Rügen zur Schlehenblüte	59
Jasmund Anfang Mai	60
Raps	62
Die Steilküste nördlich von Schwarbe	64
Der verlorene Sommer auf Hiddensee	68
Besuch des Mönchsguts im Frühling	72
Sprosser und Nachtigall	75
Hiddensee	78
Die Nordküste Wittows	82
Hochsommer auf dem Mönchsgut	90
Blaue Tage	95
Die Bäderarchitektur	96
Septemberfragment	98
Gedanken des heutigen Tages	100
Sassnitz & Stubnitz	102
Milder Oktobertag	106
Die Liebe und der Herbst	107
In den Herbstwäldern der Stubnitz	109
Novemberäpfel	113
Bestandsanalyse	114
Schmale Heide	115
Gedanken zum Jahreswechsel	120
Copyright, Quellenangaben, Wort- und Sacherläuterungen	122

Vorwort

Die Ostsee ist mir von Fehmarn bis zur Frischen Nehrung und von Malmö bis Stockholm vertraut.
Oft werde ich gefragt, wo mir dieses große, ruhige Meer, das nur gelegentlich aufbraust, am besten gefallen hat.
Ich weiß es nicht. Die Ostsee hat überall ihren eigenen Charme, ihr ureigenes Gesicht.

In gebührenden Abständen zieht es mich nach Rügen und Hiddensee. Hier finde ich eine große Welt auf einer kleinen Insel: ausgedehnte Buchenwälder und Seen, Heideareale und beschauliche Dörfer, Flachland und Sandstrände, Hügel und Steilküsten, Kulturangebote und mondäne Badeorte.

Im Winter genieße ich die Ruhe und Abgeschiedenheit am Meer, die Leseabende am Kaminfeuer, den Schein der Kerzen und vor allem die Abstinenz von Medien, Fernsehen und Internet.

In den langen, kalten Nächten, in denen der Sturm um die Holzhütte braust, wird die Seele mit Gelassenheit und Zuversicht versorgt.

Das eine oder andere, von dem ich erzähle, mag dem Leser übertrieben erscheinen.

Doch dies möchte ich mit den folgenden Worten entschuldigen: ‚Gedichtet kann daher nur werden, was der Dichter mit Wahrheit in seiner Seele empfunden und erlebt hat und wozu ihm die Sprache halb bewußt, halb unbewußt auch die Worte offenbaren wird; woran aber die meisten dichtenden Menschen leicht, ja fast immer verstoßen, nämlich an dem richtigen Maß aller Dinge, das ist der Volksdichtung schon von selbst eingegeben.' *2

So wird es wohl sein. Und somit hoffe ich, dass sich ein wenig von dem Zauber, dem ich immer wieder aufs Neue auf den Inseln erlegen bin, auf Sie, den Leser, übertragen wird.

Stimmen auf dem Meer

Böiger Ostwind drückt das Wasser des Großen Jasmunder Boddens gen Westen. Anfang Januar haben die Tage alle Hoffnung eines segnenden Herbstes aufgegeben. Es ist nass und kalt; auf kaum wahrnehmbaren Himmelsgeigen spielt das große Lied des Sterbens.

Die Novemberstürme haben jeglichen Anspruch auf Ernte mit sich gerissen. Der Tisch ist abgeräumt. Die Winterwelt kennt kein Erbarmen.

Die meisten Rügener haben ihre Boote fest vertäut oder sie in sichere, sichernde Scheunen gezerrt.
Oles Boot liegt das ganze Jahr draußen. Heute ist einer dieser Tage, wo es uns aufs Meer hinaus zieht. Schon seit über 50 Jahren leistet der alte Diesel dem Boot treue Dienste. Oles Vater taufte es einst auf den Namen Clementine. Und dabei ist es geblieben. Und so fahren wir heute mit der Clementine hinaus auf die weite, winterliche See.

Gegen sechs Uhr in der Früh verlassen wir Martinshafen. Die Wellen bewegen sich mittschiffs Richtung Nordwesten. Ole steuert auf die Stelle zu, wo sich der Große Jasmunder Bodden mit dem Breetzer Bodden vereint.

Von hier tuckert die Clementine schnurstracks nach Westen. Wir winken der Halbinsel Lebbin einen Gruß zu, durchfahren die enge Passage zwischen Breetzer Bodden und dem Rassower Strom, der uns mit sich gen Süden durch den Schaproder Bodden der offenen See entgegen treibt. Noch liegen die weiten Sande von Hiddensees Gellen schützend vor uns.

Vieregge auf Lebbin

Ole umfährt Hiddensees Südspitze. Wir verlassen die Gefilde hektisch kurzer Wellen. Wir erreichen die aufbrausende, stürmische Ostsee.

Clementine rattert und rumpelt im Gleichklang gegen eine See, die keinen Gleichklang kennt. Wir kennen ihn auch nicht. Und doch besteht er, dieser Gleichklang, den niemand möchte und der alles bezwingt.

Dieser Gleichklang wirkt der Harmonie, nach der wir Menschenkinder streben, obgleich wir sie nie finden, so sehr entgegen, dass er dafür durchaus zur Verantwortung gezogen werden sollte. Denn im Erzwingen des Paradieses liegt die Geburtsstunde der Disharmonie.

Das Leuchten des winterlichen Meeres ist ein anderes als das Strahlen der sommerlichen Gewässer.
Während der warmen Jahreszeit erinnert das türkisfarbene Funkeln der Ostsee an mediterrane Gestade. Das Winterland hat den transparenten Sommermantel abgestreift. Das Meer ist schwarz und dunkel, seine Abgründe sind jäh und tief, sein Schlund gar gierend und verschlingend. Mich graust das Antlitz des Ungewollten.

Clementines Diesel ist das beständig schlagende Herz des Jetzt. Es ist die Beruhigung des Seins. Und doch ist nichts erschütternder, als der ungeteilte Glaube an die Allmacht der uns beherrschenden Maschine.

Das brodelnde Wintermeer

Wir schreien unser schweigendes Stoßgebet in den Himmel. „Herr, führe uns mit sicherer Hand durch die Unbeständigkeit dieser wilden, kalten Wasser, führe uns in der Versuchung des Sturmwindes."

Mit der Sicherheit von Röhrennasen durchsegelt eine Silbermöwe die heftigen Böen. Sie fliegt dem Wind davon.

Clementine ächzt und ackert gegen Wellen, die das Boot steuerbords erfassen und rhythmisch überspülen.

Mir ist's, als höre ich ein altbekanntes Lied „was macht Dich in so wilder Klage doch vergehn" *3.1 über Wind und Wellen heulen, kümmern, weinen und schreien.
Es ist der Wind und keine Stimmen gar, der eine Geisterwelt heraufbeschwört, eine Welt, die es nicht geben kann, weil sie nur ist.

In dieser Welt der ungeheuren Tiefseewesen, der Klabautermänner und der Stimmen derer, die wir beständig hören, hören, ohne ihre Sänger je zu sehen, da legt sich eine unsichtbare Hand auf meine Schulter. Wer ist's, der mich erschauern lässt?
Die Antwort kennt das Gestern, die Antwort pfeift aufs Morgen.

Im Westen flimmern inmitten von so viel Kälte, sommerlichen Fata Morganen gleich, die auslaufenden Sande des Zingst, im Osten trotzt der Dornbusch dem beständigen Ostwind.

Ole deutet mit der linken Hand nach Norden auf das offene Meer. Kap Arkona leuchtet im tiefstehenden Licht.

Die See wird schwerer, Clementines Bug klatscht wieder und wieder in die kurzen Wellentäler, Seewasser spritzt übers Deck.

Schließlich erreichen wir die Kreideküste.

Die tiefstehende Wintersonne bestrahlt die Felsen nicht mehr. Sie steht bereits im Süden. Und doch wirft sie ein diffuses Licht auf die Kreide. Dieses Licht verleiht dem weichen Stein nicht mehr das vertraute Sommerweiß.

Wie von einem eisigen, millionen Jahre alten Firn wird die Kreide von haushohen grauen und bräunlichen Felspartien durchzogen,

Felspartien, die die allumfassende Liebe des vergangenen Sommers absorbiert haben.

Prozesse der Inkarnation kehren sich um. Die Exkarnation des Gesteins ist überwältigend.

Clementine hat es schwer. Die Wellen rollen vom Osten kommend direkt auf die Steilküste zu.

Der vergangenen Sanftmut des äußeren Geschehens steht eine Aggression der Menschen gegenüber, eine Aufruhr, die sich ihren Ausweg, einem gewaltigen Exkrement mineralischen Ursprungs gleich, durch unsichtbare Haarrisse in die äußere Welt zu suchen scheint.

Felsabbrüche sind die Folge. Sie sind folgenschwer.

Dieses Gesteinserbrechen kommt einem Übergeben gleich. Das Land übergibt sich dem wilden, unbeugsamen Meer. Die Aggression wird übergeben. Sie wird anvertraut. Sie wird zur Gnade.

Das Boot schaukelt und stampft.

Clementine reicht uns die sichere Hand, diese Hand, die uns durch den Januar führt. Ich halte mich an der Reling fest.

Die Felsen sind längst nicht so weiß, wie es Postkarten zuweilen vortäuschen.

Wieder sind die unvergessenen Stimmen zu hören. Sie sind unsere Bestimmung. Das macht der Sturm. Er stürmt, zerstört und klärt.

Wie Donner und Hall ertönt „mein Ehr' hab' ich verloren, mein' Ehr', mein' Ehr' ist hin!" *3.2 und mit Schlag und Pauke endet eine unsterbliche Arie, die doch nie enden darf.

Gebannt starre ich über die brodelnden Wasser hinüber zu den Felsen. Sie trotzen den Gewalten. Doch schon im Trotzen liegt der Niedergang. Das Trotzen kann nur verloren werden. Es gibt keine Aussicht, es ist aussichtslos.
Erstarrten Blickes ersuche ich in den Farben der Winterfelsen das zart schimmernde Weiß der Friedenstauben zu erhaschen. Und je mehr ich es suche, desto mehr kommt es mir abhanden. Es ist nicht im Äußeren zu finden. Und in der Innenwelt ist es genauso wenig. Es ist fort. Es ist Januar.

Im Frühling und im Sommer leuchtet das Weiß der Felsen in strahlender Brillanz weit aufs Meer hinaus. Es bezeugt einen Frieden, von dem das Winterland nicht einmal eine Vorstellung hat.

Der Wind beginnt zu heulen. Das Brausen der eisigen Wasser macht eine Unterhaltung mit Ole unmöglich. Die Bootsfahrt ist launisch und laut.

Dunkel und donnernd brandet die Wintersee den Stränden entgegen.

Und wieder ist sie da. Fest und unerschrocken liegt die eisige Hand auf meiner Schulter. Und hör ich wohl „des Königs Wort und Will" *3·3, so hilft kein Wehren und Verstecken. Das Jetzt ist da, ist immer da und wahr.

Und als ich ihn schon längst vergessen glaubte, als ich meinte, seine Arien seien im Wintersturm verstummt, da erkenne ich ihn und ich muss eingestehen, dass mir der grauselige Schrecken des Entsetzens über die Schulter lief, als er auf der höchsten Klippe thronend sein Zepter über das Meer erhob und sich die Wellen augenblicklich glätteten.

Möwen landen auf dem besänftigten Meer. Sie hören auf zu kreischen. Ole stoppt die Maschine. Zwei Kegelrobben tauchen auf. Sie sehen uns an. Alles verstummt, die Welt steht still.

Doch kaum rieselt das Wunder der Maggie über das Wasser, da erhebt sich der Sturm erneut. Und er tobt heftiger als zuvor. Was für eine Welt, was für ein Tag.

Doch wer ist die Gestalt auf der Klippe? Nein, es ist nicht der unvergessene schwedische König Karl, der auf der Stubbenkammer Königsstuhl da thront. Er ist es nicht, der mir die feste Hand durch Sturm und Winde reicht.

Keine Arie dieser Welt tut es ihm gleich. Er singt das Lied der Lieder. Er ist der namenlose Ritter, der mich durch jegliche Brandung sicher zum Hafen der Heimat führt.

Ole sieht vom Steuerrad zu mir herüber. Er spürt die unsichtbare Last, die lastet. Er spricht kein Wort.

Dort oben auf des Königs Stuhl thront er immerdar, hier drunten steht er an unserer Seite.

Er ist der, der nie da ist. Er ist der graubeseelte Mann, den ich nie erwarte und der stets erscheint, wenn kein Glaube das Meer zu beruhigen vermag.
Seine Arien schmettert er durch den Wintersturm. Für Augenblicke wird es still in mir. Die Arie nimmt mich vollends ein, für Augenblicke winkt das Glück.

Wer ist der Herr der Arien? Wer spaltet die Stürme? Wer ist der Heimsuchende der Heimatlosen?

Es ist die Seele, die beseelt. Es ist die Freude, die beglückt.
Er hebt das Schwert, das uns zerteilt. Er zieht die Schnur, die stets uns führt.

Ich glaubte ihn bereits vergessen, da fasste er mein Ohr und hauchte mir mit hohler Stimme seine ‚Ich-Sätze' ins Mark:

„Ich bin da, wo keiner ist.
Ich strauchle im Sturm, den du vermisst.

Ich kämpfe den Kampf, wo das Schlachtfeld ist fern.
Ich bin die Liebe, die du hast so gern.

Ich erbreche die Wut, die es nicht gibt.
Ich fühle die Leere, die alle besiegt.

Ich beiße den Hund, den keiner verbellt.
Ich putze die Rachen, die keiner bestellt.

Ich kratze an Schwellen, die keiner gesehn.
Ich schwimme durch Meere, die alle begehn.

Wo wir uns begegnen, da ist so viel Platz.
Wo wir uns verlassen, da steht dieser Satz:

Und gibt es die Himmel, ich werd sie vereinen.
Und auch diese Höllen, ihr glaubt es ja keinem."

Längst ist die Sonne in einem violetten Purpur des westlichen Winterhimmels über dem Jasmund versunken, als Ole unsere Clementine sicher in den Sassnitzer Hafen steuert.

Die filigran ornamentierten Fassaden der Villen und Hotels, deren gleißendes Weiß bereits von der grauenden Nacht verschluckt wurde, begrüßen uns auf den Hängen oberhalb des Hafens. Warm und gelb strahlt das elektrische Licht aus ihren Fenstern.

Die Menschen suchen die Wärme. Sie suchen das Licht. Beides finden sie in ihren Häusern. Und doch finden sie es dort nicht. Denn das Licht hängt unter den weiten Himmeln. Und von dort kommen Ole und ich soeben. Wir haben das Licht gesehen. Wir haben das Leben gespürt. Und wir haben IHN getroffen.

Nun sind wir wieder am Land. Ihn haben wir auf der verdammten See zurückgelassen. Ihn, dessen Namen wir nicht erfragen werden. Das ist das unausgesprochene Gesetz. Wir kennen es. Es bleibt unser Geheimnis.

Auf dem Steg kommen uns Hein und Paul entgegen. Hein hält seine Nase ist den Oststurm, dann betrachtet er musternd Oles alte Clementine und schüttelt wortlos seinen Kopf. Ole erwidert das wortlose Geplauder. Wir hocken uns auf einen Stapel Bauholz und öffnen ein luftgekühltes *Störtebecker*. Ein kaltes Bier, ein kalter Abend, ein Klöhnsnack, das ist alles, was wir jetzt genießen.

Und während die Nacht über den Sturm herfällt und die Stadt in der Dunkelheit des Kommenden versinkt, da ist's mir, als höre ich erneut das altbekannte „was macht Dich in so wilder Klage" [3.1] vom aufgepeitschten Meere her erklingen.

Diese Stimmen bringt der Sturm des Lebens. Sie sind des Lebens Elixier. Sie sind der Spross, der stets dem Keimling stolz entwächst. Sie sind das Erz, das starre Ketten sprengt. Sie sind die Erleuchtung, wo das Erhabene sich erhebt.

Nur sie sind es, die es uns ermöglichen zum wahren Menschen zu reifen, zu einem Wesen, das sich der Sittenlastigkeit des Kleinbürgertums stellt und darüber hinauswächst. Dort wachsen wir zur lichten Größe, so sie uns gewahr.

„Nie sollst du mich befragen,
noch Wissens Sorge tragen,
woher ich kam der Fahrt,
noch wie mein Nam' und Art." [3.4]

Dies sind seine letzten Worte, die mich erreichen. Voller Zufriedenheit wende ich mich von der Wildheit des Wassers ab, um die Treppen in die Altstadt hochzusteigen, eben dorthin, wo mich die Frau meines Herzens erwartet.

Zwischen Seen und Bodden

Wenn auf der offenen See die Winterstürme brausen und die Wellen ungestüm über den Strand rollen, dann lädt Rügens ‚Binnenland' entlang der Bodden, Seen und Teiche zu Spaziergängen ein.

Auf der heutigen Wanderung um den Tetzitzer See gelange ich von Rappin über Groß Banzelvitz zur Halbinsel Liddow. Dabei eröffnen sich immer wieder Ausblicke über den Großen Jasmunder Bodden im Osten und den Tetzitzer See im Westen.

Wenig später wird die Nordspitze Liddows erreicht. Von hier schweift der Blick über den Lebbiner Bodden.
Am Nachmittag gewinnt die Sonne die Oberhand über das graue Wintergewölk. Der Boden ist gefroren. Der Winter ist ein strenger Mann. Es vegetiert so viel stille Not unter diesem lichten eisigen Land.
Wildgänse und Enten liegen auf dem Wasser. Geduldig ertragen die Vögel das Hier, ausharrend nehmen sie das Dort in Kauf.

Die Schreie wilder Gänse hallen durch die Stille. Sie sehen uns aufmerksam an. Keine Bewegung entgeht ihren wachsamen Augen.

Während der Wintermonate rasten ungezählte Scharen von Bläss-, Grau- und Saatgänsen auf der Insel.

Mein schnupperseliger Hund findet den Pfad auf den Hügel, den Pfad, von dem ich dachte, er sei wüst und ausgetreten. Ich bin ernüchtert. Dieser Weg ist jungfräulich und zart.

Hinter den Kalksteintrümmern treten wir aus dem Mischwald. Das kleine Plateau liegt vor uns auf dem Hügelkopf, bar und abgetragen jeglichen Lösses Staub.

Wer hat die Granitkugel auf den Hügel gerollt, wer hat sie angeordnet in diesem Kreis unter Kreisen, deren Mitte mir so oft verloren geht.

Und während mein Hund die Witterung eines Rehs aufgenommen hat, da finde ich das, was ich längst verloren glaubte. Hier im Kreis der Kreise liegt das Rund, das rundet. Den ewigen Nährstoff meiner Wehmut lasse ich in der Bedeutungslosigkeit des Buchenwaldes hinter mir. Ich verspüre nicht das Bedürfnis der Dringlichkeit, die Prozesse der Kreise benennen zu müssen.

Der Westwind trägt das zu mir, was ich in der Tiefe verspüre. Aber das Wichtigste soll die Liebe sein.

Albert Schweitzers Worte gehen mir durch den Sinn: ‚Das einzig Wichtige im Leben sind die Spuren von Liebe, die wir hinterlassen, wenn wir ungefragt weggehen und Abschied nehmen müssen.'

Am Lebbiner Bodden

Dieser Januar ist abgestumpft und unbewohnt. An der windabgewandten Seite eines verfallenen Hauses halte ich inne. Hier spüre ich eine unendlich sanfte und milde Sonne, einen Hauch von Frühling vielleicht, nur einen Hauch…

Neue, schwere Wolken ziehen im Westen auf. Sie tragen eine Last. Bald darauf beginnt es zu schneien. Die Hügel versinken im Schnee, das Land wirkt wie dahin geträumt, friedvoll und grenzenlos weiß.

Ich gehe weiter, irgendwohin, um letzten Endes immer wieder beim inneren Sehnen anzukommen.

Über Neuenkirchen, Tribbevitz und Helle gelange ich wieder zum Ausgangsort. Weit hat mich der Wind getragen.

Zu Hause werde ich bereits von Lisa erwartet. Die gemütliche Wärme des Kaminfeuers taut meine durchfrorenen Glieder auf. Heißer Tee fließt knisternd über die Kluntje. Ein Löffel Sahne wird hinzugegeben. Und ans Umrühren denken wir noch nicht einmal. Somit schmeckt der Tee anfangs recht bitter, zum Schluss zuckersüß. Dies ist ein ostfriesischer Brauch. Diesen Brauch lieben wir. Wir haben ihn mit nach Rügen gebracht.

Wiek

Möchte man den Sonnenuntergang auf Rügen von einem Café oder Restaurant aus genießen, so kommen an der Westküste vor allem Wiek, Schaprode und Altefähr infrage.

Bei klarem, sonnigem Winterwetter bin ich mit meinem Hund einige Stunden am Strand gewesen. Struppi liebt es zu baden, selbst im Winter.

Der Kiesstrand zwischen Dranske und Bug

Kurz vor Sonnenuntergang fahren wir zum Wieker Hafen. Beim Italiener genieße ich einen Cappuccino.

Vom Osten zieht die Nacht über den Ort. Das Winterblau weicht dem Glanz ungezählter Sterne.

Eine frostige Nacht kündigt sich an. Zu dieser Jahreszeit ist kaum ein Besucher auf der Insel. Das Land ist weit und leer. Ich erfreue mich an der Klarheit der Wintertage und genieße die Abende mit einem guten Buch in der warmen Stube.

Ummanz

Dass zwischen Zingst und Rügen bedeutende Rastplätze der Kraniche auf ihrem Herbstzug liegen, davon hörte ich erstmals in den achtziger Jahren.

Kaum war die Wende vollzogen, da zog es mich auf die Insel Ummanz. Sie war 1990 mein erstes Ostseeziel in Vorpommern.

Im Februar des folgenden Jahres besuchte ich Ummanz erneut. Von Rügen gelangt man entweder aus Richtung Gingst oder Dreschvitz über eine Brücke direkt nach Waase auf die Insel.

Heute ist einer dieser wunderbaren Wintertage. Kristallene Welten lassen das Land um mich herum erstrahlen. Nichts ist schöner, als die Vergänglichkeit. Nichts ist betörender, als der Augenblick.

Vage Spuren von Frühling sind spürbar.

Die Waldkäuze befinden sich mitten im Brutgeschäft. In spätestens 14 Tagen werden die leisen Winterstrophen der Amseln von ihren volltönenden, lauten Frühlingsmelodien abgelöst, dann ist der innere Winter in mir gebrochen.

Auch Rotkehlchen und Heckenbraunellen beginnen in Kürze, ihre Liedchen vorzutragen...

Myriaden von Kristallen verzaubern den klaren Wintertag.

Das, was man in Skandinavien das Frühlingserwachen nennt, beginnt soeben.

Die Zeit des Herzlosen endet. Weit und offen liegt die wunderbare Zeit des Frühlings vor uns. Mein Leben sind die Augenblicke, die warmen Herzen. Die Nacht bricht herein. Es ist bitterkalt. Auf dem Rückweg zum gemieteten Holzhaus an der Steilküste fahre ich noch rasch am verrottenden Gutshof des Schwaben vorbei.

Dort stelle ich den Squonks *4 einen Teller Käsehappen und den Tarsieren *5 eine Schale Früchte vor die Tür. Denn ich weiß, dass sie es, so ich auf Rügen verweile, von mir erwarten. Und nichts bereitet mir mehr Freude, als meinen Lieben Erwartungen zu erfüllen. Ichzentrierte Wesen erzählten mir einst, man solle nichts erwarten im Leben, so würde es geschrieben stehen. So vieles steht geschrieben. Und gerade das Geschriebene der Quatschköpfe ist mir so fern.

Squonks und Tarsiere haben eines mit meinen Lieblingstieren, den Elefanten, gemeinsam. Sie vergessen nichts. Und sie sind untröstlich.

Elfriede gehörte einst zu den Gründungsmitgliedern der kleinen Rügener Squonkkommune. Sie empfängt mich mit ihrem unverwechselbaren Lächeln, diesem Lächeln, das all ihre Güte zum Ausdruck bringt.

Elfriede ist alt geworden. Natürlich fragt sie mich jedes Mal nach Segundo, ihrem Urahn. Und jedes Mal versichere ich ihr, dass es ihm gut gehe, ihm, der sich nie von der Größe und Magie des donnernden Villarica *[6] loslösen konnte. Aber das ist eine andere Geschichte. Sie füllt ein anderes Buch.

Zwischen Daumen und Zeigefinger fasse ich Elfriedes kleines Händchen zum Abschied. Jedes Mal hat sie Tränen in den Augen. Ich auch. Aber wir zeigen es uns nicht. Ich gehe.

Im Holzhaus angekommen zünde ich den Kamin an. Meine innere Stimmung ist vom Draußen und Elfriedes zarter Hand noch ganz verzaubert. Sie verlangt nach einer Musik, die mit jedem Hören schöner wird, einer Musik, die bereits, ohne dass ich ihr lausche, in meinem inneren Ohr tönt und jubiliert. Ich entschließe mich, Keith Jarretts legendäres Köln Konzert abzuspielen.

Das Feuer prasselt und füllt den kleinen Raum schnell mit wohliger Wärme.
Lisa ist heute Nachmittag in einem Vortrag zum Thema ‚der christlichen Kommunikation im digitalen Zeitalter' in Binz.
Das Fell ‚meines' guten Hundes ist so hell wie seine Seele licht ist. Er liegt ganz entspannt neben mir vorm Feuer.

Dem unvertrauten Ersthörer wird sich Part IIC von Jarretts Werk sofort erschließen und das Herz im Sturm erobern. Beim wiederholten Hören wird der göttliche Mittelteil aus Part I die Seele streicheln. Das ist Improvisation, das ist Kunst, das ist Schöpfung. Das berührt.

Struppi steht, seinen Schwanz wedelnd, vor der Haustür. Lisa wird zurück sein. Struppi hat sie bereits gehört. Nichts entgeht seinen Ohren. Dann öffnet sich die Tür. Lisa und ihr Lachen kommen herein. Natürlich kann ich Struppis Begrüßung nicht vorausgreifen. Er hat ja schließlich gefühlte Ewigkeiten an der Türe gewartet.

Gelebte Verbindlichkeit ist eine beständige Brandung rollenden Donners. Diese Musik ist Verbindlichkeit. Diese Musik verbindet. In der Unwägbarkeit des Geschehen wachse ich. lediglich der Schmerz formt das, was ich das ‚unendliche Sehnen' nenne. Und wenn die Begierde dem Sehnen begegnet, erst dann weiß ich, dass ich lebe.

Lisa streichelt mir zur Begrüßung über die Stirn ohne ein Wort zu sprechen. Sie ist noch ganz erfüllt vom Gehörten.

Beim Abendessen erzählt mir Lisa vom Vortrag und der Podiumsdiskussion, die sich anschloss.
Irgendetwas fehlt den Menschen in unserer Welt, die materiell kaum noch Wünsche offen lässt. Immer mehr Menschen suchen ihr Glück in fernöstlichen Religionen oder im Okkultismus. Sie besuchen Räumlichkeiten, in denen sie sich bewegen. Pilates und Yoga überschwappen das Land wie Wellen gesuchten Glücks. Viele dieser neuen ‚Angebote' erfreuen uns. Wir verstehen sie als Re-Aktionen.

Das, was uns Menschen verbindet, findet sich im gelebten Miteinander.

Lisa erzählt mir von Psalmen und vom großen König Salomo. Ich lausche ihren Worten, die sie so bedacht und ruhig ausspricht.

Die Generationen vor uns kannten keine Fitnesscenter. Sie waren einfach draußen. Dort haben sie sich bewegt, dort genossen sie die frische Luft. Und sie haben das Draußen wahrgenommen.

Im Münsterland sagten die Bauern im Frühjahr einst: „Die Tüten sind zurück." Damit meinten sie die Rückkehr der Großen Brachvögel, deren offiziellen Namen sie nicht kannten. Aber ihren melodisch tütenden Ruf, den haben sie wahrgenommen.

Wenn im Herbst die großen Formationen der Kraniche über meine Heimat hinweg ziehen, dann stehe ich gebannt da und verfolge das Wunder über mir am Himmel. Und ich registriere, dass ich in der Regel der Einzige bin, der zum Himmel blickt.

Es geht um Bewusstwerdung, es geht um Wahrnehmung. Es geht nicht darum, die einzelnen Arten beim Namen nennen zu können. Diese Bauern, sie haben ihre Frühlingsboten Jahr für Jahr wiedererkannt, ihnen war bewusst: Die ‚Tüten' sind zurück.

Das ständige Verbunden sein über Messenger wie ‚WhatsApp' haben Lisa und ich bisher nicht vermisst. Deshalb werden wir auch nicht damit beginnen.

Die Zeit auf der Insel leben wir internetfrei. Hier nutzen wir unsere alten Handys. Mit ihnen können wir telefonieren, mehr nicht.

Meine Gedanken schreibe ich seit Jahrzehnten in Kladden, daran hat sich bis heute nichts geändert. Somit fehlt mir auch der Laptop, der mir zu Hause gute Dienste leistet, nicht.

Das Inselleben gestalten wir anders. Wir gestalten es bewusst und genießen diese Zeit.

Morgen besuchen wir Sassnitz.

Wanderung von Neu Murkan nach Binz

Eine Vorfrühlingssonne zieht uns zu den ausgedehnten Stränden zwischen Neu Murkan und Binz.
Sie sind feinsandig, weiß und blendend. Und sie sind im März an Wochentagen beinahe menschenleer.

Durch einen schmalen Kiefernwald gelangt man hinter dem Koloss von Rügen, der Prora, direkt zum Strand.

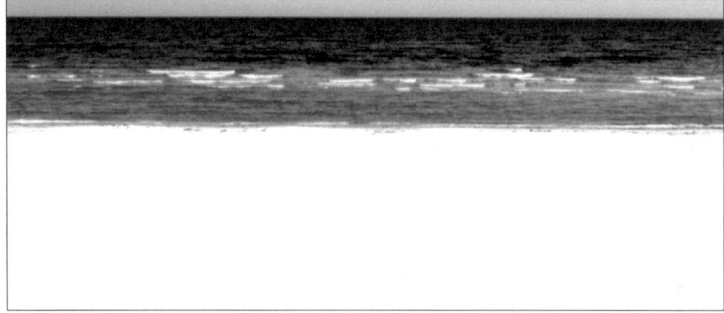

Im März sind die Strände noch recht wenig besucht.

Altefähr

Beim Fischessen genießen wir den Ausblick auf den Strelasund.

Bevor Rügen mit dem Festland über eine Brücke verbunden wurde, bestand zwischen Stralsund und Altefähr reger Fährverkehr.

In Reiseführern wird die oberhalb des Hafens liegende Backsteinkirche St. Nikolai als Altefährs Hauptattraktion beschrieben. Die erhöht liegende Kirche ist unbedingt einen Besuch wert, doch als Hauptattraktion würde ich sie nicht beschreiben. Die Hauptattraktion von Altefähr ist zweifelsohne der Ausblick.

Die beeindruckendsten Sonnenuntergänge auf Rügen erlebt man in Altefähr.

Bei einem schmackhaften Herings- oder Hornhechtessen (die Einheimischen bezeichnen die Art in der Regel als Hornfisch) kann man vom Hafen aus die grandiose Aussicht über das Stralsunder Fahrwasser auf die abendliche Silhouette Stralsunds genießen.

In der tiefstehenden Sonne kommen die rotbraunen Farbtöne der Backsteingotik besonders gut zur Geltung. Und wer es nicht eilig hat, der verweilt so lange in Altefähr, bis die Sonne in der Ostsee versunken ist und sich die Nacht über die Hansestadt zu wölben beginnt. Denn dann wird die elektrische Beleuchtung eingeschaltet. Der Ausblick auf Stralsund ist bei Nacht beinahe noch schöner als tagsüber.
Hier verbringe ich gern den letzten Abend meiner Reise. Und dann weiß ich, dass ich bestimmt wieder komme.

Frühlingserwachen

Aus weiten Himmeln fällt eine Misteldrossel ins Kahl der Eichen. Lautstark besingt sie das, was vollends in mir tönt:

Frühling Frühling Frühling!

Kleiner großer Vogel, wenn du singst, dann erblühe ich zur Schönheit.
Ich genieße ein erstes Sonnenbad. Dieses Frühlingserwachen ist vollendete Sanftmut.

Keine Wiederholung der jubilierenden Strophen ist nachhaltiger, kein kalter Vorfrühlingsabend ist bestimmender und kein Beginn ist anfänglicher als der Jubel, den die Singdrossel in den zitternden Abend quinkeliert. Diese Zeit ist unverrückbar. Diese Epoche ist unwiderruflich.

Lautstark fällt das Trompeten der ziehenden Kraniche aus der blauen Unendlichkeit auf die Erde.

Das Nichts und der Niemand können die perlenden Liedchen des Rotkehlchens nicht beirren, ja nicht einmal irritieren.

Roter Wind über dem Jasmund

Es ist der rote Wind, auf den ich gewartet habe, immer nur der rote Wind.

Heute hat er mich erreicht, heute hat sich der Frühling vor den Nebel gestellt.

Der rote Wind, der von den Hügeln weht, der Wind, der aufhebt, der trägt und flutet.

Ich träumte einst von helleren Tagen. Nun sind sie da. Die Heckenbraunelle wispert ihr Lied.
Unaufhaltsam streicht das rote Licht über den seltsamen See.

Beinahe bedrohlich zeigt sich das rote Gewölk über den Hügeln des Jasmund.

Frühe Blüten

Viele Blüten lieben sich im Verborgenen, ihr Flor bleibt solange unentdeckt, bis ihr Glanz uns blendet.

Nicht nur Zaubernüsse zaubern.

Das Wunder wirkt dort wo sich die Bescheidenheit zeigt und die Unauffälligkeit beschworen wird.

Die sich öffnenden Blüten der Weiß-Esche unweit der Mollnitzer Wiek

Rügen im Regen

Gewitterwolken liegen über dem flachen Land zwischen Stolper Haken und Gröthagen.

Die Landstraße von Gröthagen nach Charlottendorf vor dem nächsten großen Regen

Gewaltige Regenfronten ziehen über die Insel. Immer wieder kommt es zu heftigen Schauern. Doch der lang anhaltende, beständige Landregen bleibt aus. So kenne ich die Insel. Selbst wenn schlechtes Wetter angemeldet wird, so gibt es zwischendurch immer wieder Schönwetterperioden und sonnige Stunden.

An diesen Tagen sind die Lichtstimmungen besonders intensiv. Vielleicht sind dies die Tage, an denen sich Heinzel, Nachtalbe Tarsiere *5 und Squonks *4 auch tagsüber zeigen, wer weiß. Meist verlassen sie ihre kreidenen Höhlen nur zur Nachtzeit.

Aus dem engeren Zusammenhang genommen führe ich folgende Zeilen an: ‚Um alles menschlichen Sinnen Ungewöhnliche, was die Natur eines Landstrichs besitzt oder wessen ihn die Geschichte gemahnt, sammelt sich ein Duft von Sage und Lied, wie sich die Ferne des Himmels blau anlässt und zarter, feiner Staub um Obst und Blumen setzt. Aus dem Zusammenleben und Zusammenwohnen mit Felsen, Seen, Trümmern, Bäumen, Pflanzen entspringt bald eine Art von Verbindung, die sich auf die Eigentümlichkeit jedes dieser Gegenstände gründet und zu gewissen Stunden ihre Wunder zu vernehmen berechtigt ist.' *7

In diesen Ruinen hausen seit mehr als 20 Jahren je eine Kolonie Tarsiere und Squonks in friedlicher Koexistenz. Im nächsten Dorf erzählt man sich, dass ein gewisser Herr aus dem Ländle, der das Areal erworben habe, vorhat, daran nichts verändern zu wollen.

Das Gutshaus des Schwaben

Er soll sich, und das ist mehr als bemerkenswert, auf wundersame Weise mit den Wesen angefreundet haben. Der politische Kontext wird hierbei unberührt bleiben.

Im verrottenden Holzturm auf des Gutshauses First hängt noch heute die Glocke. Traditionell wird sie vom König der Squonks höchstpersönlich an Weihnachten geläutet.
Dann stehen die Bewohner der näheren Gemeinden an ihren geöffneten Fenstern und lauschen andächtig in die geweihte Nacht. Und somit hat die ‚Stille Nacht' in jeder Region ihren eigenen Schlag, ihren ureigenen Rhythmus, dem sich niemand entziehen kann.

Der Zahn der Zeit kennt Ebbe und Flut.

Der Tarsier *8

Der Tag hat alles geboten. Sonne und Regen wechselten periodisch. Am Abend zog ein trockenes Gewitter über die Insel. Sprachlos vor Ehrfurcht sitzen wir vor der Hütte und genießen das Schauspiel.

Ein Trockengewitter liegt vor der Steilküste.

Einheitliches Himmelsgrau umhüllt die Halbinsel Lebbin mit der Neutralität diffusen Lichts. Gelb ist Gelb, Rot ist Rot und Grün ist Grün in dieser schattenlosen Welt.

Regentag

nasser Tag, grau und leer
kaltes Mark, träg und schwer

diese Stunde, zäh und lang
aller Munde, feucht und bang

aller Munde, schwach und matt
aller Munde, frech und satt

frech und satt, so fängt es an
zu und platt, wenn sie es kann

dieses Tagen, zäh und tot
dies Verzagen, bös und rot

nasser Wind, an und aus
krankes Kind, Mann und Maus

welcher Tag ist regenschwer
welches Grab ist noch viel mehr

nasses Leben, weh und ach
süßes Streben, bin ganz wach

Altenkirchen

Auf dem Weg zum Kap Arkona passiert man Altenkirchen. Hier befindet sich Rügens zweitälteste Kirche. Auf dem Kirchfriedhof verweile ich des Öfteren. Beinahe 100 steinerne Grabwangen stehen rings um die romanische, kleine Kirche im wilden Grün.

Ich sitze auf einer Holzbank am Grab des Dichters Gottfried Ludwig Kosegartens.

Ein Admiral gaukelt im Wind, landet auf dem aufgewärmten Backsteingemäuer der Kirche, um seine Flügel taktvoll auf und ab zu bewegen. Oh du wundersame, leichte Welt.

Die auf seinen Flügeln aufgetragenen Farbpigmente, deren Anordnung jedem Gemälde die Chance auf Anerkennung abspricht, sind nicht vom Ungefähr. Sie sind vom Immer und vom Jenseits. Sie sind das große Wunder für die kleine Seele.

Im Kirschbaum am Pfarrhaus singt ein Rotkehlchen. Weshalb hat der Aprilgesang noch immer die Schwere seines Novemberliedchens? Wie kann es sein, dass die schwermütig perlenden Strophen nicht in die sonnige Leichte des heutigen Tages münden? So viel schweren Mut hat sich der zarte Sänger bewahrt, während mich sein schwarzes Auge mit unendlich viel Vertrautheit und Güte überschüttet. Das Rotkehlchen ist mein Kleinod unter den Sängern.

Und während die gedrückten Strophen mein Herz beglücken, da schweift mein Blick erneut über das Grab des alten Kosegarten. Wer war dieser Mann, von dem ich wenig gehört und eigentlich gar nichts weiß?

Am Grab Kosegartens setze ich mich auf eine Bank, lese in seinen Uferpredigten und lasse mich währenddessen von der untergehenden Sonne mit milder Wärme verwöhnen.

Die tiefstehende Sonne verleiht dem Kirchfriedhof mit ihren goldenen Strahlen noch mehr Frieden, als der Ort ohnehin schon inne hat.

Aus den kahlen Eichen hinterm Friedhof tönen die abfallenden Rufe des grünen Lachvogels. Und das Glücksgeläut einer Kohlmeise lässt keinen Zweifel daran, dass der Frühling unwiederbringlich ist.

Ludwig Gotthard Kosegarten hat hier in Altenkirchen 16 Jahre als Pfarrer gewirkt. Dieser mecklenburgische Verfasser von romantisch geprägten schwärmerischen Gedichten und Prosa, für die sich heute kaum noch jemand begeistert, beginnt mein Interesse zu wecken.

Berühmt geworden ist er durch seine Uferpredigten bei Vitt.

Ein Frühlingstag ohne Finkenschläge ist kein Frühlingstag. Doch ob die Finkenschläge den scharfen Rufen des Kleibers die nötige Kontur entgegenzusetzen im Stande sind, das kann bezweifelt werden.

Die Konturen dieses Kirchfriedhofes sind hingegen von geschliffener Mattheit, ihre Sanftmut ist anhaltend, ist ganzjährig.

Kosegartens Worte bewegen. Und sie sind ihrer Zeit weit voraus. Sie sind zeitlos.

… 'Es lächelt uns der ewige Himmel. Es leuchtet uns die freundliche Sonne. Es rauscht das Meer. Die Wiesen grünen. Die Saaten wallen. Die Bäume säuseln. Die Vögel zwitschern. Die Herden brüllen vor Lust. Der gottgeliebte Mensch ist guter Dinge. Alles vereinigt sich, unsere Erde zum Paradies zu machen. Und ist sie denn ein Paradies?

O gewiss wäre die Erde ein Paradies, wenn die Menschen, die auf ihr wohnen, sie sich nicht selbst verleideten; wenn keiner den anderen befehdete, keiner den anderen kränkte und plagte; wenn keiner dem anderen sein Brot mißgönnte, keiner dem anderen sein bißchen Freude verkümmerte, keiner dem anderen Felsstück über Felsstück in den Weg wälzte; wenn die schnöde Habsucht nicht den Menschen vom Menschen entfernte…wenn Klätscherei und Afterrederei nicht des Umgangs stille Genüsse vergiftete; wenn kein Neid, kein Mißtrauen, kein Uebermuth, kein verhaltener Groll und keine offenbare Feindschaft auf unserer schönen Erde sich eingenistet hätten.

Gewiß wäre die Erde ein Paradies, wenn die Menschen, die sie bevölkern, bedächten, wer sie eigentlich seien'… *[9]

Dieser Auszug aus einer von Kosegartens Uferpredigten steht für mich exemplarisch für die Weitsicht eines großen Geistes.

Im Pfarrhausgarten blühen Obstbäume. Ein Star pfeift und quietscht und zwitschert aus der Krone einer Kirsche.

Werden Robert M. Pirsigs langatmige Ausführungen in seinem Roman ‚Zen und die Kunst ein Motorrad zu warten' über den

Begriff der Qualität, den er sowohl unter metaphysischen als auch erkenntnistheoretischen Gesichtspunkten betrachtet, gar überflüssig, wenn wir uns die Worte Kosgartens auf der Zunge zergehen lassen?

Kosegarten sprach eine unmissverständlich klare Sprache. Er transportierte Inhalte, die heute aktueller sind denn je. Er hat dazu beigetragen, den Menschen seiner Zeit in den Uferpredigten die Augen zu öffnen und ihnen ein anderes Gottesbild zu vermitteln. Und seine Worte bewegten Menschen in einer Zeit, lange bevor die Esoteriker über uns hereinbrachen.

Mittlerweile steht die Sonne unmittelbar über dem Horizont. Es wird frisch. Der Sommer pocht bereits zaghaft an die Tore. Doch noch ist er nicht da.

Vielleicht kommt Ludwig Gotthard Kosegarten im ausgehenden 18. Jahrhundert eine ähnliche Funktion zu wie Dorothee Sölle im ausgehenden 20. Jahrhundert.

In gewisser Weise haben beide die bestehenden Dogmen der derzeitigen Theologie revolutioniert.

Vor einem unbekannten Grabstein stehend denke ich: ‚Was würdest du mir sagen, wenn du es mir sagen könntest?'

Jetzt wird es mir zu kalt. Ich packe meine Kladde ein und suche das nächste Wirtshaus auf, wo ich mich auf eine Portion frisch gebratenen Hering freue.

Kosegartens Gedanken sind mir so nah, ich nehme sie mit. Vielleicht werde ich irgendwann noch einmal durch Altenkirchen fahren. Vielleicht werde ich dann noch einmal im Kirchfriedhof verweilen. Bestimmt. Vielleicht.

Hochfrühling in Binz und Umgebung

Im Talgrund beginnt das Wiesenschaumkraut zu blühen. In unwiderstehlicher Manier drückt es seine fleischig saftigen Stängel der Sonne entgegen.
Als ob die Welt nur aus Tulpen und Narzissen bestünde. Weshalb sehen die Menschen nicht das Wunder am Wegesrand?

Seht euch die feine Zeichnung der Blüten des Sauerklees an. Zarte, violette Linien durchziehen das Weiß der Blütenblätter.
Tulpen, verzeiht meine einfache Sicht gegenüber eurer Pracht. Ihr zaubert Millionen von Menschen ein Leuchten in die Augen. Stumpf und simpel ist mein Empfinden euch gegenüber, verzeiht. Was seid ihr schon gegenüber den Wiesenblumen, die mein Herz millionenhaft beglücken. Langweilig seid ihr, langweilig, fett und dumpf. Verzeiht.

Das Rot der Zierquitten ist unverschämt und umweglos. Es ist aufrichtig und dabei von festem Charakter. Die Zierquitte ist der heimliche Gewinner des heutigen Tages. Ich fließe über bei so viel Frühling.

In der Nähe des Kurhauses blühen Blut-Johannisbeeren. Die Menschen gehen an ihr vorbei, sehen sie nicht einmal an.

Kann man an so viel Farbe ohne innezuhalten vorüberzugehen? Kräftiges Rot zerfließt Richtung Kelch in lichtes Rosa. Beim Betrachten ihrer giftgrünen Blätter wird mir deren Jungfräulichkeit bewusst. Das ist der Frühling. Ob die Blätter bereits eine Ahnung vom Sommer haben, von der Zeit, da sie zu dunkeln beginnen?

Frühling und Sommer, diese Zeiten sind so unterschiedlich, sie sind ein Werden und Ausharren.
Blut-Johannisbeeren - benebelt stehe ich vor ihrem Wunder. Mir kommen erste Zweifel, ob ich nicht vielleicht sie statt die Zierquitte zum Helden des Tages erklären solle.

Vor einer Magnolie verbeuge ich mich, ich kann nicht anders. Wie beschreibe ich ihre Farbe?
Magenta vielleicht. Violett gar. Altrosarot mindestens. Nein, keine Beschreibung trifft den Ton.
Ich gehe weiter. Der Frühling folgt.

Rügen zur Schlehenblüte

Parfüms, was seid ihr gegen das duftende Meer myriadenfacher Schlehenblüten?
Oh ihr zärtlich in dahin gehauchter Milde Wankenden, Verströmenden, überschwänglich Verschenkenden.
Ihr seid die wahrhaft Betörenden, flankiert vom monotonen Zweiton eines Weidenlaubsängers, vom hell klingelnden Frühlingsgeläut der Blaumeisen und vom raumfüllenden Gesang der Amsel.
Die Düfte dieses Feldrands sind mein stiller Zauber, meine sanfte Verführung inmitten eines jubelnden Frühlings, der in mein Leben donnert.
Zum Teufel, der Frühling ist unwiederbringlich.

Bevor ich einen Schlehenzweig breche oder eine Blume pflücke, denke ich:
Was ist der Unterschied zwischen „Ich mag dich" und „Ich liebe dich"?
Buddha: „Wenn du eine Blume magst, dann wirst du sie pflücken. Aber wenn du eine Blume liebst, wirst du sie gießen."

Jasmund Anfang Mai

Den April haben wir ertragen. Er war unerträglich.

Der Wechsel kam in der Walpurgisnacht. Die Hexen haben die unausstehliche Kälte in Wärme verzaubert. Das werden die sagen, für die Isobaren und Isothermen wissenschaftliche Hexerei sind.
Für die Iren begann der Sommer einst am ersten Mai. Diesen Tag nannten sie Beltane.

Diese alten mythologischen Sinnbilder, die etwas unterstreichen, was großartig ist, betonen den Tag.
Heute hat der Mai begonnen. Und er beginnt so, wie es sich für den schönsten Monat des Jahres gebührt: Er schüttet eine wärmende Sonne über das Inselparadies.

Es ist eine Huldigung an die Grazie des Jahres. Denn nur so ist das zarte Grün der Buchen zu erklären, dieses Grün, das in rhythmisch pulsierenden Wellen einem Monat entgegen fiebert, der jeden Schatten ins Licht rückt.
Die Zweige zittern vor lauter Aufregung wie Espen. Das Licht hat gesiegt. Der Durchbruch ist da.

Wir rasten unter einer stattlichen Rotbuche am Waldrand. Von frühlingszarter Transparenz leuchtet das austreibende Laub, die Blüten werden sich in den nächsten Tagen öffnen.

Schließlich landet ein ‚Graubindiger Augenfleckbock' auf meiner Schulter.
Erst im Anblick der Details erkenne ich die Größe dessen, was ich Schöpfung nenne...

Raps

In den achtziger Jahren wurden von Reiseveranstaltern der alten Bundesländer Fahrten zur Rapsblüte nach Schleswig-Holstein angeboten. Nicht dass es in den übrigen Bundesländern keinen Rapsanbau gab. Doch die Felder waren in der alten Bundesrepublik in Norddeutschland besonders groß. Entsprechend weitflächig stellte sich das ungeheure Gelb des Rapses dar. Den Blütenduft nahm man selbst bei verschlossenen Fenstern im fahrenden Auto wahr.

Nachdem die Landwirte durch die Allmacht des DDR-Regimes in den neuen Bundesländern nach dem 2. Weltkrieg enteignet wurden, folgte eine Zusammenlegung der Felder zu gewaltigen Schlaggrößen.
Die Feldgrößen erinnern an Agrarflächen, wie man sie aus den Vereinigten Staaten, Kanada oder etwa Russland kennt.
Agrarökonomen werfen ihre Hände vor Freude in die Höhe, Naturschützer schlagen sie über dem Kopf zusammen.

Denn auf diesen riesigen Feldern werden große Mengen an Düngemitteln, Herbiziden und Insektiziden eingesetzt.

Letztes Jahr erzählte mir ein Greifswalder Arzt, Mecklenburg-Vorpommern sei das einzige Bundesland, in dem der Brutbe-

stand des Weißstorchs rückläufig sei. Das verwundert mich nicht. Laien werden durch die Seeadlerbestände allzu oft geblendet. Sie denken, hier sei die Natur noch in Ordnung.
Sie übersehen die Auswirkungen der Agrarkonzerne.

Somit ist meine Freude, die ich an den Küsten und Seen empfinde, beim Anblick dieser gewaltigen Agrarsteppen getrübt.
Doch sie hat - wie so vieles - zwei Seiten.

Südwestlich der Fürstengräber zwischen Nardevitz und Polkvitz schweift der Blick weit über die gelben Blütenmeere bis zum Großen Jasmunder Bodden und zur Ostsee.

Die Steilküste nördlich von Schwarbe

Wir sind kein Eins, wir sind die Masse zusammengewürfelter Verwirrungen myriadenfacher Seelen.
Wir strahlen im Jetzt, wir beseelen ein Heute, weil es ein Morgen nicht gibt.

Himmelhochjauchzend erobert das Fohlen den holden Frühling an der Steilküste. Luftsprünge sind Glückssprünge.
Im Nu verfällt der Wanderer einem Mai, dessen Licht die dunkelsten Schatten unserer selbst vertreibt.

Wir sterben so oft, wir sterben so jung. Nur der Mai vermag dem Tod die Trauer des Gestern zu entreißen.

Der Mai blüht und liebt und tanzt und malt und feiert. Und er taumelt in einem Liebesrausch durchs Land, einem Liebesrausch, der seinesgleichen sucht und doch nie findet.
Welche Farben hat die Sehnsucht, welche Farben hat der Mai?
Welche Geige spielt das Lied vom Glück?
Von der Steilküste führen verschlungene Pfade in schönste Sandbuchten. Noch hat die Saison nicht begonnen. Noch sind die Buchten menschenleer.

Wir gehen am Strand entlang, ziehen unsere Spuren in den Sand, sammeln Muscheln und schöne Steine, die am Spülsaum von den anrollenden Wellen überflossen werden und in roten, schwarzen und weißen Farben leuchten.

Im Windschatten einer Düne rasten wir. Struppi legt sich in den Schatten eines Sanddorngestrüpps. Lisa sucht Hühnergötter. Ich lege die gesammelten Steine und Muscheln in den Sand und hole meine Urlaubslektüre aus dem Rucksack. Wandern, Baden, Sonnen, Tee trinken, Lesen, neue Begegnungen leben, Lisa ansehen, Struppis Unabhängigkeit genießen, Essen gehen, Urlaub eben, einfach Urlaub.

Pirsigs ‚Zen und die Kunst ein Motorrad zu warten' regt den Geist an, fesselt. Und es ist kapitelweise langatmig und theoretisch.

‚Der Gipfel ist es, der die Flanken festlegt. Und so steigen wir weiter … wir haben noch viel vor uns … nur keine Hast … immer schön einen Fuß vor den andern gesetzt … und zur Unterhaltung eine kleine Chautauqua … Innere Betrachtungen anzustellen ist viel interessanter als Fernsehen, und es ist eine Schande, dass nicht mehr Menschen darauf umschalten. Sie denken wahrscheinlich, dass alles, was sie hören, unwichtig ist, aber das ist es nie.' *[10]

So wie mich einige Menschen mit Mornellregenpfeifern verbinden, so werde ich, wenn ich an Pirsig denke, die Sumpfhordenvögel nicht mehr aus dem Kopf bekommen.

Wenn es eine Steigerung zum weiten Inselland Hiddensees oder Rügens gibt, dann werden es diese unendlichen Graslandschaften sein, diese Prärien, die er zusammen mit seinem Sohn Chris auf seinem alten BMW-Motorrad durchfahren hat.
Pirsig hat recht. Alles ist wichtig. Alles hat eine Bedeutung, selbst wenn es unbedeutend ist.

Die Steine und Muscheln sind getrocknet. Sie sind noch immer rot und schwarz und weiß. Doch das Leuchten ist verschwunden. Sie sind fahl und blass geworden. Ohne Wasser gibt es kein Leben.
Ich werfe die gesammelten Schätze wieder auf den Strand. Stattdessen werde ich Begegnungen sammeln. Sie sind anhaltend und lebendig.

Und irgendwann fahre ich ins amerikanische Grasland, irgendwann besuche ich die Sumpfhordenvögel, irgendwann.

am Strand

ich grab mir selber einen Bau
denn dort, wo Haut die Haut berührt
damit man einfach etwas spürt

da dürfen weiche Winde wehen
sonst wird das alles nicht geschehen

und wo die harten Wellen branden
da kann die sanfte Seele stranden

Der verlorene Sommer auf Hiddensee

Einst freute ich mich auf den Sommer. Dann habe ich ihn verloren. Wird er sich an mich erinnern, wenn er zurückkommt?

Ich sehe hinüber in die blaue Unendlichkeit, vor der sich als letzter Halt für mein Auge zartgrau der Hügel des Dornbusch' abhebt.
Dazwischen stehen die Erinnerungen, die mich unentwegt ansehen... beständig, gegenwärtig, greifbar und zementiert.

Die Spuren, die ich hinterlassen habe, sind von derselben Flüchtigkeit wie Schneeflocken im April. Was bleibt, das sind Lebensbilder, Retrospektiven, nicht mehr...
Eine Graue Fleischfliege verharrt auf einem vertrockneten Blatt.

Auf einem aufgewärmten mit Kies durchsetzten Sand landet ganz nah bei mir ein Distelfalter. Er gehört nicht zur zweiten Generation. Und auch von einer ersten Generation weiß er nichts. Doch er wird sie gründen, das wünsche ich mir für ihn. Die ersten Distelfalter, die wir im Mai antreffen gehören zu den sogenannten Wanderfaltern. Womöglich hat er die Alpen überquert und sich von den Winden bis hierher tragen lassen. Wie vielen Gefahren ist er auf seiner weiten Reise entkommen?

Es wird die Sehnsucht gewesen sein, die ihn über das Felsengebirge bis Hiddensee geweht hat.

Jetzt ist er hier. Er hat Hiddensee erreicht. Seine Flügelränder sind bereits recht zerfleddert. Auch seine Farbpigmente haben nicht mehr den Glanz und die Brillanz des frisch geschlüpften Falters. Und doch haben sie noch immer ausreichend Strahlkraft, um meine Augen zum Leuchten zu bringen und meine Seele hüpfen zu lassen.

Grand Canyon, einst stand ich an deinen jähen Schluchten und hielt die Luft an.
Heute sitze ich neben dem kleinen Distelfalter, beobachte jede seiner Bewegungen, wage kaum zu atmen. Das Wunder beginnt nicht am Grand Canyon, es sitzt neben mir und breitet die farbigen Flügel aus, gerade so, als wolle es mir zeigen, wo der liebe Gott wohnt.
Mein kleiner, zartbeflügelter König, ich drücke dir die Daumen, auf dass dir bei deinen Blütenbesuchen kein Weh geschehe. Komm gut heim.
Mit dem nächsten Wind erhebt er sich und gaukelt in die Dünenheide. Mich lässt er zurück, staunend, einsam, glücklich, hier unten, auf diesem kleinen Sand.

Was mache ich hier? Die Leichtigkeit der Begegnung mit dem kleinen, bunten Wesen spricht Bände. Diese Leichtigkeit, die ich oft verloren und in ihm gefunden habe.

Struppi liegt im Schatten einer Kiefer und sieht mich aufmerksam an. Wir brechen auf. Der Weg führt uns nach Südwesten Richtung Hassenort. Schließlich erreichen wir das Meer.

Das Ende der Strände liegt an der Nahtstelle zwischen Land und Luft, es breitet sich in einer nicht greifbaren Ferne aus, wir finden es dort, wo die warme Luft flimmert. In diese unbestimmte, weite, lichte Welt zieht es mich, in dieses Flirren und Glitzern, in dieses Fluidum allumfassender Gegenwart. Hier löst sich die Trauer aus den Tälern und der Donner meiner Lähmung im Nichts auf.

Mit wem möchte ich unter diesen unendlichen Unendlichkeiten des sommerlichen Sternenhimmels liegen, wenn nicht mit dir?
Mit wem werde ich bis in die tiefsten Tiefen der Nacht hinein schweigen, wenn nicht mit dir?
Und mit wem werde ich mich in dieser Nacht der Nächte am Hassenorter Strand vereinen, wenn du fehlst? Du fehlst. Das Leben besteht zwischen zwei endlosen Nächten. Zuweilen ist es einsam und schön. Und da alles endend ist, schreibe ich so schnell ich kann.

Hier verbringe ich die Nacht. Ich liebe den Schlaf im Freien. Vorzugsweise in lauen Sommernächten am Strand unter weiten Himmeln so wie hier auf Hiddensee. Mein Hund liegt und wacht in meiner Nähe. Ganz viel Weite und Segen umhüllt uns. Und zwischen uns und dieser Weite, da weht ganz sanft und beständig der Geist eines großen Gottes.

Wie schön ist die Welt. Wie schön ist das Draußen. Und während ich auf dem Sand liege und in den weiten Himmel blicke, da spüre ich im Kreuz ganz unaufdringlich den steten Puls Hiddensees.

Wenn es das, wonach wir uns sehnen, nicht mehr gibt, wird dann das Leben leer und inhaltslos sein? Werden wir den Tod sodann als Gnade empfinden?

Besuch des Mönchguts im Frühling

Am Ostufer der Hagenschen Wiek bei Mariendorf

Auf einem Findling nehme ich Platz und blicke über den Bodden. Unweit von mir hockt ein Maler vor seiner Staffelei und betrachtet die in der Abendsonne rotbraun strahlende Abbruchkante.

Das Wasser wirft kaum eine Welle über die Kiesel. Nie zuvor war ich an diesem Ort. Und doch habe ich das Gefühl, schon immer hier gewesen zu sein.

Der Tag versinkt allmählich in der See. Mir ist's, als höre ich Bachs Goldberg Variationen über der Stille des Wassers. Und somit weicht die Leichtigkeit des Mittags einer süßen Wehmut, die mit dem spürbaren Abendwind des Herzens Schlag in milde Schwingungen versetzt, um dem gehenden Tag einen letzten Gruß zuzurufen.

Die Abbruchkante am Saalsufer, das Meer ist still, die Luft ist lau, durchschossen nur von schwirrenden Uferschwalben und dem Lärm eines unermüdlich schlagenden Sprossers...

Heute freuen wir uns, oft lachen wir, gelegentlich sind es Schreie, wenn das innere Wimmern nicht auszuhalten ist. Das Leben siegt, wir halten es fest und merken, dass es sich nicht halten lässt. Das Leben lebt sich selbst. Wir geben es nicht auf. Wir feiern es.

Es lebe der Rausch, es lebe die Wirklichkeit.

Vom steinigen Ufer zwischen Reddevitzer Höft und Kasper Ort schweift der Blick über den Rügischen Bodden hinüber zur Insel Vilm.

Kein Fisch, der springt, keine Möwe, die schreit, keine Welle, die bricht.
Nichts wird gebrochen. So ist der Abend. Die Welt ist licht, die Welt ist warm.

Sprosser und Nachtigall

Die den Wettergebilden trotzenden Schwestern zwischen Goos und Kreptitz auf der Halbinsel Wittow

Diese zwei Kiefern können dem Wanderer, der den ‚Padd' an Wittows Nordküste abläuft, nicht entgehen. Stolz erheben sie sich über das sich im Westen anschließende Gesträuch. Dieses Buschwerk, größtenteils der undurchdringliche Schwarzdorn, einige wundersame Weißdornpartien und natürlich der berühmte Sanddorn, der Zitrus des Nordens, umwebt die Küste.

Die Knicks, wie die Hecken mancherorts im Norden auch genannt werden, ziehen sich im Frühling als weiß blühendes Band am Küstensaum entlang.

Aus ihrem Dickicht ertönen ab April unter anderem die Stimmen von Dorngrasmücke, Mönch und Sprosser. Letzterer ist in gewisser Weise die Nachtigall des Ostlandes.

Der Unterschied zwischen Sprosser und Nachtigall kann kaum größer sein. Zeigt er dem Betrachter doch in all seiner Deutlichkeit die Bedeutungslosigkeit des äußeren und die Nachhaltigkeit des inneren Zaubers, der aus einer Mitte strahlt, die jegliche Nuance äußerer Umtriebigkeit ins Nichts verweist.
Der Sprosser meißelt seine Takte in eine Frühlingsluft, die im Begriff ist, ihr frisches Perlen gegen das Gewand der Trägheit einzutauschen.
Der Sprosser hat die Wehmut im Westen begraben. Sprosser und Nachtigall sind so gegensätzlich, wie sie widersprüchlicher kaum sein können.

Traurig, sehnend und jammernd ist das Lied der Nachtigall. Es verzaubert die Maiennacht, die der volle Mond versilbert.
Dieser Mond macht wehmütig, dieser Mond macht süchtig. Von diesem Mond hat sich der Sprosser einst im Westen verabschiedet, um im Osten einen anderen Mond zu bezirzen.

Und nur so sind es immer wieder die Gegensätzlichkeiten, die wir beschwören:

Sprosser und Nachtigall, Ostmond und Westmond und all die anderen vielen.

Wenn wir um die Unterschiedlichkeit von Sprosser und Nachtigall nicht nur wissen, sondern wenn wir sie verstehen, sie in ihrer Tiefe begreifen, erst dann wird uns gewiss, dass Ost- und Westmond nicht derselbe Mond sind.

Die Menschen glauben das nicht. Sie glauben den Gelehrten. Und weil dies so und nicht anders ist, weil alles sich voneinander unterscheidet, um nicht in einem grauen, laffen Einheitssauerteig zu vergären, zu verwischen, ja zu einem verwechselbaren grossen Massengeschwür zu verkommen, deshalb liegt so viel Glanz im Strahl jeder noch so kleinen Sonne.

Hiddensee

Ach wie oft denke ich in den langen Winternächten an mein geliebtes Hiddensee.
Welche körperlichen Symptome hat die Sehnsucht? Wie nennt man dieses unsägliche Brennen in der Brust, das ich verspüre, wenn du mich rufst, du Insel meiner Träume?
Wenn die Farbe der Wehmut ein fluoreszierendes Grün ist, dann wirst du, Geliebte, meines Leuchtens in der Nacht gewahr.

Die Winternächte sind schwarz und kalt und nass. Sie sind so, wie wir es vom Dunkelland erwarten.
Doch diese Nächte sind nicht all-umfassend, sie sind begrenzt. Ich sehe auf das Grasland rings - es ist blass und falb. Doch der Erdenschöpfer wartet nicht. Es wird sprießen, was zu sprießen bereit ist. Und wenn nicht gestern, so wird doch heute das gedeihen, was zu gedeihen vermag. Und das, was verderben soll - es wird verderben.
Mit welcher Waage wiege ich, gelte es zwischen Verderb und Gedeih zu richten.

Graue, einsame Winterstraßen bin ich entlang gewandert. Dunkle Asphaltcanyons liegen hinter mir. Längst hat die Sonne die Frühlingstagundnachtgleiche überschritten. Der Sommer liegt vor mir. Ich bin wieder da. Mein Fuß stampft den Sand und berührt das Glück. Ich bin auf Hiddensee.

In den Dünen treffe ich völlig unerwartet Laurin. *[11] Wir haben uns seit Jahren nicht gesehen. Ich habe ihn aus den Augen verloren.
Ich kenne seine Liebe zur Insel. Doch gerade während der Sommermonate ist er zumeist bei seinen Schafen im niedersächsischen Moorland. Wir begrüßen uns nicht. Ich weiß, dass unsere Begegnung überfällig war und so stellt er mir unvermittelt und direkt seine Fragen, die ich seit Jahren erwartet habe: „Frage dich, wem hast du den Zugang verschlossen? Wem hast du die ausgestreckte, hilfesuchende Hand verweigert?" „Niemandem!" „So sei in meiner Welt willkommen."

„Wir sind Wanderer. Wir sind Zugvögel. Unsere Bestimmung liegt im Draußen." Ich stimme ihm schweigend zu. „In naher Zukunft werden wir in der Lage sein, uns an feinstoffliche Stäube zu binden und mit ihnen in die Welt zu treiben. Diese Zeit wird kommen.
Doch noch leben wir in der Vorbereitung, noch üben wir uns in der Geduld des Stoikers. Wir üben, du lernst, mein alter Freund."

Schließlich plaudern wir über die Leichtigkeit und die Freuden, die uns beglücken.

Laurin möchte wissen, ob sich die westfälischen Kolonien meiner befreundeten Squonks und Tarsiere gut eingelebt haben

Die Feuchtwiesen zwischen Dünenheide und Fährinsel

Stundenlang gehen wir am Strand entlang. Es ist so wichtig, einen Freund zu haben. Laurin ist mein Freund.

Einst riet er mir, mich von Menschen fernzuhalten, die neidisch, rachsüchtig, allzu moralisch und kleinlich sind. Anfangs fand ich es nicht einfach, dies zu beachten. Ich fragte mich, woran ich einen solchen Menschen erkenne, so er es nicht offenkundig zur Schau stellt.

Es gibt viele Möglichkeiten, dem Alltag zu entgehen. Hiddensee ist nur eine von vielen. Nach einem zweiwöchigen Aufenthalt komme ich wach und ausgeruht in die andere, wirkliche Welt zurück. Und die Fragen, die ich Laurin stellte, sie sind geklärt.

Die Nordküste Wittows

Der direkte Weg von Stralsund zur Nordküste der Halbinsel Wittow führt über Samtens, Dreschvitz, Gingst, Trent, Wiek, Altenkirchen und Schwarbe nach Varnkevitz.

Die letzten Wochen waren kühl und regnerisch. Heute ist der Sommer wieder da. Er kam über Nacht.
Ich liebe die abrupten Wechsel. Die unberechenbaren Eskapaden von Wettergebilden sind herausfordernd, Lisas Kapriolen liebe ich auch. Ich liebe die Unberechenbarkeit. Sie liebe ich, solange sie berechenbar bleibt. Ich liebe Lisa.

Wir verstauen Picknick, Decken, Bücher und eben das, was einen Sommertag versüßt, auf unsere Fietzen. Dann radeln wir dem Sommer entgegen, um ‚neue' Sandbuchten zu erkunden.

Die Heftigkeit, mit der der Sommer zurückgekehrt ist, erinnert mich an die warmen Tage im Wingert. Sobald die Beeren die nötige Süße erreicht haben, fallen die Stare wie Heuschreckenschwärme gleichsam und abrupt aus Herbstes Himmeln. Dann sind sie einfach da, massenhaft, sonnenleicht, schwirrend, rauschend.

Einst radelte ich durch einen nie stattgefundenen Sommer, wollte ihn teilen und konnte es nicht. Heute ist das ganz anders.

Der jetzige Sommertag schwirrt und rauscht. Struppi rennt voraus, Lisa folgt ihm, während ich die Nachhut bilde. An einer Abbruchkante hält Lisa an, blickt aufs Meer, blickt zu mir.

Sie hat das Schwirren und Rauschen meiner Seele gespürt, sie sieht mich an, sie sieht mich einfach nur an, während sich ein mildes, kaum wahrnehmbares Lächeln auf ihr Gesicht legt. Wir radeln weiter.

Auf gut zu fahrenden Pfaden erkunden wir mit unseren Rädern immer wieder ‚neue' Buchten. Wir genießen den Sommer und das Meer.

Dann finden wir die Bucht, die uns mit unserem stillen, inneren Rauschen und Schwirren empfängt.

Ich denke:

Wohin weht mich die Wehmut?
Welche Worte flüstert der Wind?
Welche Bewegung hebt ihr Kleid?
Wohin spült mich der Sand?
Welches Fallen ist ein Werden?
Welche Lieder spielt die Sinfonie des Glücks?
Welcher Kuss berührt meine Seele?

Wohin trägt mich die Schwere?
Wie lauten die Namen des Sehnens?
Welches Licht löscht das Dunkel?

Auf dem warmen Sand liegend schließe ich die Augen. Das immerwährende Rauschen des Meeres übertönt mein Denken und überspült meine Fragen. Phasenweise entsteht diese gedankenlose, befreiende Leere in mir, diese Leere, von der fernöstliche Mystiker oft sprechen.

Ob sie jetzt sieht, was ich jetzt sehe?

Dieser leere Zustand, den gestresste Westeuropäer indischen Gurus durch vorgegebene Rituale der Meditation nachzueifern versuchen, er stellt sich kurzfristig ein, einfach so, ohne Lotussitz und geöffnete Mundwinkel, aus denen schließlich der losgelöste Geifer zu tropfen beginnt.
Welche große Seele streichelt meine Seele, wenn der erste Herbstgesang einer Amsel das Schweigen der Vergangenheit zerbricht? Wenn alle Stricke reißen, tanze ich auf einem Seil. Die Stenze der Vergangenheit zerbrechen an den Fratzen ihrer selbst.

Wir Menschen nehmen uns so wichtig. Unwichtig sind wir. Wir sind Sandkörner ohne Richtung, Wasser vertrockneter Meere,

Partikel freien Windes. Das denke ich hier oben an diesem Strand. Oder ich denke es an jedem Strand.

Traumhafte Buchten laden zum Baden ein. Es bleibt zu hoffen, dass sie ihren Charme behalten werden und nicht eines Tages durch das Erschließen des Hinterlandes überlaufen werden wie die Strände im Südosten Rügens.

Und wenn mein Hund mich anstupst, dann weiß ich, dass es ganz ganz wichtige Dinge gibt.

Struppi hat einen Knüppel aus dem Wasser geholt und am Strand abgelegt. Nun ist das Holz mit Sand paniert. Er mag es so nicht mehr in den Fang nehmen. Darüber ärgert er sich. Er bellt es unentwegt an, um mir mitzuteilen, dass ich es gefälligst erneut ins Meer werfen solle.

An der Küste zwischen Dranske und Arkona finden wir die Träume, die die Sehnsucht stillen.

Der ewige Strand und das weite Meer

Lisa blickt ‚meinen' Hund an, während sie Sand durch ihre Finger rieseln lässt. An ihrer Seite lebt kein Hund. Lisa lebt allein. Doch nicht so ganz, ihre Hauskatze gibt ihr die vage Aufmerksamkeit, die auch die uneitelsten Wesen brauchen, um sich als das zu fühlen, was wir sind.

Doch ihre Kommunikation mit Struppi ist von der Selbstverständlichkeit geprägt, die Menschen, die das Draußen und ihre Zusammenhänge annähernd verstanden haben, zu eigen ist. Dieses Verhalten muss nicht erlernt werden. Es ist in uns, so wir nicht ganz und gar durch die Nebeneffekte der Verstädterung vom Natürlichen entfremdet sind.

Lisa ist nicht entfremdet. Sie ist Eins mit allem. Darüber spricht sie nicht. Ihre teils dezente, bedächtige Wortwahl hinterlässt gerade in ihrer Reduktion auf das Wesentliche ungeheuer atemberaubende Eindrücke bei mir.

Diese Gesten habe ich mitgenommen, um die Türen zu brechen, und die Welt, die andere, die verkehrte…

Die Zeit mit Lisa auf der Insel ist bereichernd. Wir genießen uns. Wir wechseln Ansichten und stellen immer wieder fest, dass sie weitgehend kongruent sind. Wir können zusammen kochen, ja das können wir gemeinsam und das ist nicht selbstverständlich. Während der Kunst des Kochens bleibt die Toleranz vieler Menschen oft auf der Strecke.

Es ist später Nachmittag und wir haben noch ein ganzes Stück bis zu unserem angemieteten Holzhaus an der Steilküste zurückzulegen. Wir steigen auf unsere Räder und radeln los. Struppi freut sich. Endlich kann er wieder sausen.

Am Strand bin ich nicht nur Lisa nähergekommen. Ich bin ihrer Bescheidenheit begegnet. Sie hat mir Einlass gewährt. Ausgebreitet habe ich mich in einem Meer von Erfüllung.

Schwer bewegt die Welle den Stein. Mit gläsernem Klingeln läuten und rollen die Kiesel über den steinreichen Strand. Hier verlasse ich meine Wege, um die ihren zu betreten.
Wie eine eiserne Zeit erlebe ich die Rückbesinnung auf die Vergangenheit. Und diese Vergangenheit überrollt das Jahr, sie schwappt wie eine starre, fossile Welle über den Strand. Diesen Strand habe ich verlassen. Es gibt so viele Strände, die die Spuren eines vergangenen, traurigen Sommers längst verweht haben. Wir erreichen unsere Hütte.

Ole hat uns eingefrorenen Zander in einen Kasten neben die Haustür gelegt. Irgendwann hat er ihn auf dem Bodden von seiner Clementine aus gefangen. Lisa ist kein Kind der Küste. Wir haben uns in Freiburg kennengelernt. Von den Menschen dieser Region können die Norddeutschen das Zubereiten von Fisch besser erlernen, als von jedem unbelehrbaren Fischkopf. Somit überlasse ich die Zander Lisa.

Währenddessen blanchiere ich Stangenbohnen und Möhren in unterschiedlichen Töpfen. Die Bohnen werden anschließend in geschmolzener Butter geschwenkt und leicht mit Pfeffer und Salz gewürzt. Die Möhren glasiere ich mit Puderzucker und Butter.

Als ich Lisa frage, ob sie zum Fisch einen ‚Johannisberger Erntebringer' oder ein ‚Hallgartener Mehrhölzchen' bevorzuge, da sieht sie mich mit funkelnden braunen Augen an. Und spätestens jetzt ist die Frage beantwortet, was es zum Nachtisch geben wird. Wie ich diesen verzehrenden, entkleidenden Blick von ihr mag.

Ich bin hungrig. Der Duft der gebratenen Zander zieht durch die Hütte. Ich freue mich aufs Essen, auf das ‚Hallgartener Mehrhölzchen' und auf Lisa. Die glasierten Möhren hinterlassen auf ihren Lippen einen Glosseffekt. Der Zustand, in den mich ihr Anblick versetzt, kommt der geschmolzenen Butter gleich. Ich zerfließe.

Heute ist es mir gewiss, für Lisa werde ich den Regen anhalten. Möwen schreien in der Dämmerung. Das Essen war ein Genuss. Es folgt die Vollendung.

Hochsommer auf Möchsgut

Am Ortsrand des Ostseebades Göhren

Meist ist die Luft am Meer in Bewegung. Heute steht sie und sie ist juliheiß. Der Duft sommerreifen Weizens erfüllt mich. O du Weizen, König aller Getreide, Gott aller Gräser, Ernährer des Volkes, du sendest dein falbes, fahles Licht über die Welt. Dies sind die Farben des Sommers. Dein wankendes Wesen, dein standhaftes Herz, deine Geradlinigkeit geschmeidigen Wehens, dein leuchtendes Karma, dein duftender Hauch, das alles fliegt senkrecht in die Himmel des Inselsommers. Erst über den Wassern des Boddens haben sich deine Düfte veratmet.

Trupps von Mauerseglern durchziehen den flimmernden Himmel des Mönchsguts. Nord-Süd-Gefälle. Zugzeit. Als Letzte kamen sie aus dem Süden zurück, als Erste verlassen sie uns. Jahr für Jahr rufe ich ihnen nach, sie mögen mich mit auf ihre Reise in den Süden nehmen. Wenn sie Ende Juli mein Land verlassen, dann beginnt der Herbst in mir.

Ein Ehepaar sucht in der Hagenschen Wiek Abkühlung.

Der Herbstzug der Vögel bringt mich aus der stoischen Verfassung eines drückenden Sommertages.
In der Kurzlebigkeit einer Klatschmohnblüte habe ich dich einst verloren. In der Langlebigkeit von Wegwarten werde ich dich nie finden. So ist das Leben manchmal. Manchmal ist es ein Aneinander-vorbei.
Doch täglich wird das Neue geboren. Jedes Heute ist ein Abschied. Jeder Morgen ein Beginn. Und um das Vakuum innerer Anständigkeit zu füllen, setze ich mir das Ziel des Unabdingbaren: Ich kultiviere das Jetzt.

Das Gleißen des heutigen Tages, es ist ein Stottern und Beben, ein Strahlen und Sehnen. Und ich, entwurzelter Betrachter der Himmel, ich schreie in innerer Stille Unendlichkeit.

Während sich der Hochsommertag mit all seiner Gnade verabschiedet, da legt sich die Nacht, einer ebbenden Welle gleich, über die Ebene. Tage wie diese sind ein Geschenk, Nächte wie diese ein Stück vom Himmel.

Im Westen verwandelt die sinkende Sonne den Himmel in einen Farbkasten.

Der Mond verändert sein Licht, ganz langsam beginnt sich das Sterneneinerlei zu behaupten, und als der Mond untergeht, da übernehmen die Sterne vollends das Zepter.

Lediglich das Feuer an meinem Schlafplatz setzt einen vagen Lichtfleck ins Dunkel, über das der Große Wagen rollt.

Beim Ergründen der verborgenen Welten begegnen mir täglich neue Geheimnisse. Beim nächtlichen Pirschgang verlasse ich die gewohnten Pfade, um die Parallelwelten zu besuchen.

Die Luft ist sommerlau und gewitterschwer. Gammaeulen schwirren vor den Blüten eines Sommerflieders. Die Liebe zeigt sich in der Stille des Seins.

Im Dunkel des Sommerwaldes nehme ich ein punktuelles Leuchten wahr. Erst durch die Biolumineszenz irgendeines Mycelgeflechts wird mein Blick auf einen weiteren sylvaticaren Fagocanyon aufmerksam. Er strahlt in der warmen Sommernacht.

Die Squonks beginnen die Buchenwälder zu besiedeln. Ich erinnere mich an Segundos Ausführungen, dass gerade die beleuchteten Canyons der bevorzugte Ort sind, an dem die Squonks ihre Brut der Sanftheit wärmenden Mulms übergeben. Niemand kann meine Freude, die ich empfand, als ich heute Nacht den völlig intakten Fagocanyon entdeckte, ermessen.

Einst prophezeite mir Segundo den ungebremsten Siegeszug der Squonks über die Besiedlung der Welt. Er sollte recht behalten.

Diese liebenswerten Wesen sind eine große Bereicherung für die in Deutschland seit Jahrtausenden ansässigen Heinzel. Die Globalisierung findet eben auch in den für die meisten Menschen verborgenen Parallelwelten statt. Das ist wunderbar und bereichernd.

In unmittelbarer Nähe des Fagocanyons entdecke ich eines dieser sagenumwobenen Erdlöcher. Moosbärte tarnen den Eingang. Voller Erwartung und mit größter Konzentration lasse ich ein Senkblei in die Tiefe hinab. Die Länge des Paketbandes sollte bei weiten nicht ausreichen. Band an Band knüpfend senke ich das Blei immer tiefer in die unergründlichen Tiefen des Pleistozäns.

Diese Siedlung ist von erstaunlicher Größe. Vorsichtig ziehe ich das Senkblei wieder aus der Tiefe hervor. Über 80 Meter messe ich anschließend die Länge der aneinandergebundenen Bänder. Nach vorsichtigen Schätzungen werden hier mehr als 300

Sqounks wohnen. Und da, wo Squonks wohnen, da siedeln in der Regel in unmittelbarer Nachbarschaft auch Tarsiere und Heinzel.

Mein Kontakt zu den Squonks ist herzlich und vertraut. Morgen werde ich ihnen aus Göhren eine Portion Haferflocken mitbringen.

Mit Tarsieren ist die Kontaktaufnahme äußerst schwierig. Sie meiden die Menschen. Sie haben es über Generationen hinweg nicht vergessen, dass der Lübecker Fährmann Hardi Harms 1765 auf der Insel Sulawesi einen Tarsier erjagte, um seinen Körper anschließend zu trocknen und für wissenschaftliche Zwecke mit in seine norddeutsche Heimat zu nehmen.

Auf welchen Wegen der vertrocknete Tarsier anschließend Professor Nau, der in Mainz Kameralwissenschaften dozierte, erreichte, bleibt im Verborgenen.
Allerdings hat ein gewisser Büsson den Tarsier bereits zuvor beschrieben.
Ich bin froh, dass sie sich vom Menschen abkehren und weitgehend ihr Geheimnis hüten.

Blaue Tage

blaue Tage

blauer Falter, windverweht
blaue Träume, Staub besteht

blaues Schweben, traumbenetzt
blaues Weben, zart zerfetzt

an dem Tag, der Sommer heißt
in der Nacht, ein Hund der beißt

hoch zum Himmel, Seele leicht
tief zur Hölle, Teufel schleicht

tief der Schatten, kantig Stück
blaue Tage sind das Glück

Die Bäderarchitektur

Die Architektur der Kaiserzeit will nicht beschrieben werden. Die Bilder sprechen für sich selbst.

Von der Seebrücke hat man einen prächtigen Ausblick auf das Binzer Kurhaus.

Die Binzer Strandpromenade vor dem Kurhaus

Die Seebrücke von Sellin wurde nach historischem Vorbild Anfang der neunziger Jahre neu erbaut.

Von der Ostsee hat man einen wunderbaren Blick auf Sassnitz Bäderarchitektur.

Septemberfragment

Der volle Sommermond hat sein Licht über mein Land geschüttet. Das alte Lied vom Mond über dem Mtatsminda fließt wie unersättliche Lava durch meine Adern, um sich im Herzen zu ergießen.
Dieser Lichtschein ist von betörender Süße schwer. In keiner Nacht glüht die Liebe leidenschaftlicher. In keiner Nacht! Dies sind die Nächte, in denen die Tarsiere mit den Squonks den ewigen Reigen des Glücks tanzen…

Vor einigen Tagen hat der Horizont die Ekliptik geküsst. Nun hat der gute alte Mond das Zepter am Himmel übernommen. Das warme Licht des Sommermondes, der in der vergangenen Zeit oftmals wie ein Lampion am Himmel stand, hat sich verändert. Als kalter silbergrauer Gesteinsklumpen steht der Mond jetzt am Himmel.

Mein gestriger Spaziergang am Nonnensee - er war ein Sammeln, eine Vorbereitung auf meinen Rückzug.
Nussknackerkönig und Räuchermann, sie sind des Ausharrens in ihrem dunklen Sommerlager überdrüssig. Ihre Zeit steht bevor, sie warten auf Erlösung.
Suchen und Sammeln kommen zum Ende, die lange Winternacht kündigt sich an.

Der kalte, silbergraue Wintermond

Gedanken des heutigen Tages

Das durchdringende ‚zriii' des Eisvogels durchbricht die Stille des milden Herbsttages.
Träge hängen die Fruchtstände des Wasserdosts über dem See.
Keine Welle, kein Gesang, lediglich der schleppend schwere Gang eines vorbeikrabbelnden Mistkäfers und der trunkene Flug eines Vierflecks stören das stille Bild des Sees, dieses seltsamen Sees, der die Leichtigkeit des fallenden Septembers bereits in seine gähnende Tiefe aufgenommen hat.

Endende Septembertage, diese Zwischenwelt ungehöriger Langweiligkeit nimmt mich vollends gefangen. Das dunkle Grün der Schwarzerlen ist sommermüde, ist Schwinden, ist Vergehen.

Ein großer schwarzer Fisch schwebt scheinbar aus des Nachtes Tiefe an die Oberfläche, einer dieser gewaltigen Pflanzenverzehrer, einer dieser Fische, die man aus fernöstlichen Welten geholt hat, um die Bestände der Wasserpest zu dezimieren. Seine Rückenflosse zerschneidet die Wasseroberfläche.

Und so, wie die unergründbare Tiefe des Sees seine Geheimnisse bedingt preis gibt, so plätschern meine Gedanken gleichsam im freien Fall dem Herbst entgegen.

Der September war groß und reich. Sonnendurchtränkte Tage trieften einem Herbst entgegen, den es eigentlich noch gar nicht gibt.

Wir verlassen den See. Wir besuchen den Strand. Am Mövenort bei Bakenberg verwöhne ich meinen Rücken auf dem sommerwarmen Sand. Erst in der Tiefe der Nacht verflüchtigt sich die Wärme des Tages. Septembernächte sind keine Sommernächte mehr.

Sassnitz & Stubnitz

Ich lese wieder einmal in Hesses ‚Tessin'. Die Sonne scheint ins Zimmer. Draußen fliegt der Herbst vorbei. Als ich die Wanderschuhe schnüre, ist Struppi sofort hellwach. „Wir statten dem Herbst einen Besuch ab", flüstere ich ihm zu. Nigel Kennedys virtuoses Geigenspiel beflügelt den Farbenrausch dieses Oktobertages. Es geht los.

Der Herbst ist die erste und die letzte Schwelle, die zu übertreten wir kaum zu wagen bereit sind. Er ist die Schwelle vom Gewesenen zum Verwesenden. Und genau hier scheiden sich die Geister der betrachtenden Wesen.
Wir haben keine Wahl. Wir können uns dem Herbst verweigern, wir können ihn übergehen. Doch dann wird er uns brechen.

Wir begegnen Jeremias, dem Zerstörer berstenden Gesteins, dem Scheider brausender Stürme, dem ungläubigen Paul und all denen, die den Herbst vermeiden.

Mancher Wanderer erschrickt, wenn die Stille der herbstlichen Buchenwälder plötzlich von einem donnernden Gebrüll erschüttert wird. Er muss sich nicht fürchten. Es sind nur röhrende Rothirsche.

Der Wald duftet nach Pilzen. Sonnenstrahlen streuen ihren Zauber zwischen die Zweige, die ihre Blätter kaum noch zu halten vermögen.

Dieser Tag strotzt vor Farbe und Licht. Blätter wehen. Alles scheint grenzenlos.

Den ganzen Tag über scheint eine überaus gütige, milde Herbstsonne. Alles ist friedlich. Alles ist leicht. Herr, du umgibst mich mit so viel Weichheit, dass mir ganz schwindlig wird. Das Leben ist einfach. Alles andere ist Lüge. Und sie ist es, die uns richtet.

Erst im Licht zeigen sich die Farben des Herbstes. Erst im Licht zeigt sich das Vergehen.

Während der Herbst die tiefen Wälder der Stubnitz fest im Griff hat, verweilen wir am Waldrand, um die letzten milden Sonnenstrahlen des gehenden Jahres zu genießen.

Lisa liest in ihrem geliebten Herodot. Mein Streuner genießt den Wald. Ich genieße ihn auch.

Das größte Dilemma zwischen Mensch und Hund ist die Tatsache, dass unsere durchschnittliche Lebenserwartung so sehr divergiert.
„Ach mein guter, allerbester Hund, ab jetzt gibt's nur noch jetzt."

Abschließende Gedanken im Herbstwald:

Zauberwald

mir ist's
als sei's ein Märchen
in diesem Zauberwald

nur Schäume sind das Heute
die uns begegnen halt

milder Oktobertag

aus fernen Himmeln Blätter fallen
Kastanien führ'n den Reigen an
der Linden Gelb ist vollstes Lallen
die Eichen sind noch lang nicht dran

der rote Knicks der Balsaminen
verzaubert starr das sanft' Gemüt
sie spiel'n leis' das Lied geeinter Mimen
des Herbstes Glück, es ist verblüht

komm doch noch einmal, nimm doch Platz
bevor der letzte Vorhang fällt
des Lebens Streben letzter Satz
der wird vom lauen Wind verbellt

so hoch zum Himmel
dessen Blau im Blau ertrinkt
ist dieser Sog aus einer Mitte
in der ich stehe nur bedingt

und kehl'ges Kolken
aus den Himmeln rufen Raben
in den Herbst, in den wir wandeln
wandeln, ohne ihn zu haben

die Liebe und der Herbst

der Herbst
er ist ein sanftes Tier
birgt Blätter Blüten
in ein wir

wir können nicht vorübergehen
dies alles darf in uns geschehen
ein Wunder, ein Entschlafen nur
so ist die Farbe der Natur

der Herbst ist da
bald ist er fort
und nur die Liebe
immerfort

sie ist des Herbstes Antipode
dem Memorandum fest ein Bild
ein Bild vom Gehen und Verwehen
wo nur die Liebe kann bestehen

man kann sie teilen
sie wird mehr
der Herbst, das hab ich eingesehen
der kann das alles nicht verstehn

des Herbstes Glück ist wohl die Stunde
und auch der Monat ganz vielleicht
der Liebe silikater Glimmer
der Liebe Glück, das ist das immer

In den Herbstwäldern der Stubnitz

Der Wind hat mich in die Täler getragen, hin zu den Füßen der farbdurchtränkten Hügel des Jasmund'. Den großen Bodden und sein Schwarz und seine Zander habe ich aus den Augen verloren.

Und ich, zartes Rot und kleines Blatt, das der Unbestimmtheit meiner Verbundenheit entgegentreibt, werde mich diesem Farbrausch des endenden Oktober ganz und gar hingeben.

Mit diesem farbigen Wehen werde ich auf des Mooses Grund getragen. Hier kann ich ruhen, hier kann ich sein. Hier bin ich das Vergehen im Gestern. Hier werde ich das Werden im Morgen.

Als wir jung waren, da haben wir gestrahlt und wussten es nicht. Erst im Herbst, in der sich neigenden Mitte des Lebens, werden wir leuchten. Doch dieses Leuchten ist ein Glanz, der aus dem Inneren kommt. Im Außen bleibt er unsichtbar und verborgen.

Der Herbst verabschiedet sich mit all seiner wilden, ungehörten Zärtlichkeit des Gehenden, des Abschließenden, des Gewesenen. Und ich, unendlicher Freigeist betrachtender Welten, gewesener Exotik, rasselnder Banden, trompetender Spitzmäuse, quatschquetschender Tintlinge, tiefenentspannter Quadratschädel und seiender Querulant fettspreiziger Quietschköpfe, setze mich auf einen Baumstumpf und betrachte das farbige Bild des Waldes.

Ich denke, dass es in unserer Welt an Vergebung mangelt. Statt diesen urchristlichen Wert zu leben, wird der moralische Zeigefinger, der bei vielen Menschen bis in den Himmel reicht, mahnend erhoben. Den Menschen mangelt es an Großzügigkeit, an Wohlwollen und Nachsicht. Es gibt beinahe mehr Kleingeister und Vorrechner als Bäume.

Ich blicke um mich. Der liebe Gott hat seinen Farbkasten über dem Jasmund ausgeschüttet. Und es gibt so viele Bäume.

Vergebung ist das Salz und das Licht zwischen den Menschen. Eine Waldameise bringt mich vom verfolgten Gedanken ab. Statt mich weiterhin damit auseinanderzusetzen, was die Menschen verbindet, stelle ich mir die Frage, weshalb sich das Tier entscheidet, nach links statt nach rechts zu krabbeln.

Die untergehende Sonne wirft unwirkliches Licht über den Buchenwald. Was wird im Herbst begraben? Was wird im Frühling neu entstehen?

Und während der Westen die Kälte der kommenden Nacht auf leichten Schultern trägt, da wird im Osten, dem Ort allen Entstehens, bereits das Segenbringende auf die Reise geschickt. Der

Osten gebiert das Blitzen der Kupfersmaragde, die Opale schicken es in die Verinnerlichung.

Ein Fuchs schnürt durch die Streuobstwiese auf den Wald zu. Wir sitzen in der Abendsonne am Waldrand in der Nähe des Boner Bergs. Der Fuchs hat keine Witterung von uns bekommen.

Ich blinzle in die untergehende Sonne. Dort ist der Westen, dort befindet sich das Gehen, dieser ewige Abgesang des verwitternden Gestern und die nicht wahrnehmbaren Stimmen gegangener Seelen. Das ist der Ort, an dem die Türen geöffnet werden.

Durch wie viel Vergänglichkeit werden wir reifen, durch welchen Herbst werden wir klar.
Welche Türen schlagen wir endgültig hinter uns zu, um das Neue zu begrüßen.

Der Herbst bricht aus den Zweigen. Ein kühler Wind streift übers Meer, trifft auf die Steilküste, um den Wald zu überfließen. Blätter treiben. Kraniche ziehen.

Immer wieder ist mir die Freude begegnet. Stets kam sie aus dem Osten, um mir die Hand zu reichen.

Der Herbst duftet nach einer Ernte, die es einzuholen gilt.

Nichts ist unerträglicher für mich, als die gähnende Langeweile leerer Wesen, die ihr Heil und ihre Bestimmung im Nacheifern und Götzendienst fremder Welten suchen. Sie leben nicht sich und das Neue, sondern das Alte, das sie für Neues halten. Schließlich werden sie zu dem, was sie anderen vorwerfen. Sie werden zu Dogmatikern. Sie haben nichts zu sagen, außer dem Nachgeplapper auswendig gelernter Verse.

Nur wenn wir es uns erlauben, die Leidenschaft und die Liebe zu leben, nur dann werden wir brennen. Ansonsten führen wir ein gelangweiltes Leben, das dem Sicherheitsdenken, das keinen Spielraum für Versuche zulässt, vieler mutloser Menschen entspricht.

O Lisa, jeder Atemzug bist du, ein jedes Blatt, das fällt, es fällt wie du.
Und jeder Schritt bist du, ein jedes Haar, das weht, es weht wie du, du Streiflicht meiner Seele.

Die Nacht bricht über den Wald herein. Rehe treten aus der Stubnitz. Vorsichtig brechen wir auf.

Novemberäpfel

trotzig und traumlos
satt und süß
froh und fahnenflüchtig

Verführer morgendlichen Graus
Betörer nordischer Drosseln
Gegenfüßler ersten Schnees

eure Süße ist grenzenlos
eure Süße ist losgelöst
eure Süße ist Beginn

Bestandsanalyse (reif für die Insel)

Winter zu lang,
Licht zu schwach,
Liebe zu wenig,

Batterien sind leer,
Herz noch viel mehr.

An den Stränden östlich der Schmalen Heide

Am winterleeren Strand

Wir erwandern die Schmale Heide, lassen den Koloss von Prora hinter uns und betreten den Strand, der an keine Jahreszeit gebunden ist.

Seine Sande zieren sich nicht mit dem Grün des stehenden Sommers, dem Rot glühenden Herbstes, dem beißenden Winterweiß oder dem Aufbegehren aufrührerischen Frühlings.
Und doch schüttet das immerwährende Meer ein Licht über den Strand, ein Licht, das den Sommer oder Winter, den Frühling oder Herbst in sich birgt und dem Jenseits entgegenhält.
Keine Jahreszeit bleibt verborgen.

Und so spürt der Wanderer an diesem stürmischen Dezembertag, wie die Lichter des Frühlings bereits andeutungsweise über die Sande flackern und als ein gewaltiges Leuchten über dem Meer gewogen werden.

Im Süden erkennen wir die weiße Silhouette des Ostseebades Binz.

Erst dann, wenn wir begreifen, dass selbst das Sterben eines Winters im zartesten Frühlingserwachen ein Handwerk ist, dessen Gegenwart den Prozess des Wachens und Erlernens voraussetzt, werden wir verstehen, dass Winter und Sein zusammengehören.

Im Begehen der ersten und letzten Schwelle wird das glühende Eisen des Glücks geschmiedet.

An diesem Strand liegen die Vergangenheit und die unüberwindbaren Berge des Gewesenen. Damit wird sich keine Seele näher befassen.

Der Wind weht aus Nordwest. In ungezügelter Hast und Hektik wirft er die Wellen an den Strand. Irgendwo da draußen im Zentrum des Sturmes steht der namenlose Gralsritter standhaft und unverrückbar über der eisigen See. Wieder und wieder höre ich seine Arien, wieder und wieder seine mahnend weisen Worte. Er ist der Beschützer derer, die sich auf schwankendem Boden befinden.

Schließlich tönen Orgelpfeifen. Es dröhnt das Erz, es bebt das Herz. Er schlägt die Tasten, ich schlag drein. Sein Orgelspiel ist Donnerhall, ist Wahn und Woge. Dann blickt er mich aus gütigen Augen an, klar und bestimmt. Er flüstert mir zu:

„Um Worte war ich nie verlegen, doch keinem war's bewusst. Und such ich heim mit Donnerhall, dann wollt ihr mich nicht hören.
Ich lösche Lichter, die nicht brennen und bohr am Fels, der doch nie war und wenn ich Schokolade reiche, so wird sie nicht gewahr.
Dann leg ich Dinge zu den Akten und alle glauben's mir. Seid nicht so töricht und verblendet und werdet wach und klar im Geist. Nur im Verzicht werdet ihr zueinanderfinden. In der Egozentrik werdet ihr euch verlieren. Dies ist die Botschaft, die ich anbiete."

Über mir der weite Himmel, durchzogen von wilden, trompetenden Gänsen. Sie empfangen mein schreiendes Herz. Hier am Winterstrand endet meine heutige Reise. Hier, wo mich die Schreie der Gänse begrüßt haben. Ich werde die grauesten Straßen queren, nur um euren Ruf zu hören.

Das Meer ist weit, der Strand erstreckt sich als eine kleine begrenzte Unendlichkeit vor uns, im Osten leuchtet ein erster Stern, in wenigen Tagen ist Weihnachten, wir gehen ...

Weihnachten liegt in der dunkelsten Zeit des Jahres. Es ist die Zeit, in der das Licht geboren wird. Symbolisch leuchtet es aus dem dunklen Tann, der seine ätherischen Öle, die er im Hochsommer eingelagert hat und die uns nun mit ihren Düften in der Stube, wenn draußen die eisigen Winde brausen, eine Erinnerung an den Sommer geben, an die Zeit, in der sich alles verstäubt und überrollt hat.

Christus wurde geboren. Er ist das Licht der Lichter. Und er wird jedes Jahr aufs Neue geboren. Er ist das Licht in der Nacht, der Stern, der uns den Weg leuchtet.

Kaum ein Mensch ist in der Binzer Fußgängerzone unterwegs. Kalter Regen sprüht durch die Straßen.

Während der heiligen Nächte sind wir vor allem dem Inneren zugewandt. Wir zünden Kerzen an, setzen die kleinen Lichter der Winternacht entgegen. Die Seiffener Räuchermänner pusten feinste Düfte in die weihnachtliche Stube. Sandelholz, Tanne und Zimtapfel. Und natürlich dürfen der Drei Königs-Duft, heißer Tee und Christstollen nicht fehlen.

Ich setze mich in ein Café. Der Regen trommelt an die Fenster, und die Erinnerungen, die auch. Das ist so in der Weihnachtszeit.

Es war in einer dieser nicht endenden Winternächte morgens um drei, als ich von Struppis lautem Gebell geweckt wurde. Wer läutet um diese Zeit. Verschlafen gehe ich zur Türe. Der harsche Schnee ist unerträglich. Und du stehst vor mir, nasses Wesen, zotteliges, schneeflockendurchtränktes Haar, kein Wahnsinn kann dich halten, alle Wege führen zu uns.

In dieser Nacht spürte ich den Herzschlag des Weltalls, als du deine nasse, kalte Kleidung abstreiftest und mich auf den Boden zerrtest. Verdammt, verdammt, verdammt, meine Welt ist so lausig kalt ohne dich.

Draußen breitet sich das Schneeland aus. All die Schweinemänner, all die abgebrannten und verkanteten Seelen, die Mägde, die Buddhisten und Brahmanen, die Moralisten und Verklärten, die Machtmenschen und Bestimmer, wir lassen sie draußen in der Winternacht. Wir lassen uns nicht um den Rausch unserer tanzenden Seelen bringen. Wir vereinen uns, als hätten wir es nie zuvor getan. Wir lieben und fließen.

Struppi stupst mich an. Er möchte raus. Muss das jetzt sein? Es muss sein. Wir schlendern zum Winterstrand und lassen uns durchwehen.

Gedanken zum Jahresabschluss im Blumencafè, Wiek

nichts

nichts ist so schön
wie die Vergänglichkeit

nichts ist tragender
als der leere Raum

nichts ist beflügelnder
als die güldene Sonne

nichts kratzt und faucht grimmiger
als die unerbittliche Pranke des Lebens

nichts hält mich beständiger an die Erde
wie das Verstäuben blühenden Thymians

nichts ist so getreulich und groß
wie die Wüste und Leere in uns

nichts ist wirklicher
als dass es nicht etwas nutze

Gestern endete das Jahr. Die Nacht war klar und kalt. Unsere angemietete Holzhütte liegt zwei Kilometer vom nächsten Ort entfernt. Mitternacht sahen wir ein ‚lautloses' Feuerwerk am Horizont, während die Wellen rauschend der Küste entgegen brandeten.

Copyright, Quellenangaben, Wort- und Sacherläuterungen

*1 Hermann Hesse, aus: Bergpaß in »Wanderung«, Aufzeichnungen (Berlin 1920), Suhrkamp
*2 »Deutsche Sagen«, Anaconda Verlag, aus: Vorrede der Brüder Grimm zum ersten Band (2. Treue der Sammlung 14.3.1816)
*3·1 R. Wagner, aus Lohengrin, 2. Aufzug 1. Szene, Reclam 2001
*3·2 R. Wagner, aus Lohengrin, 2. Aufzug 1. Szene, Reclam 2001
*3·3 R. Wagner, aus Lohengrin, 2. Aufzug 3. Szene, Reclam 2001
*3·4 R. Wagner, aus Lohengrin, 1. Aufzug 3. Szene, Reclam 2001
*4 Fabelwesen der Wälder Nordpennsylvanias. Über ihre angebliche weltweite Ausbreitung finden sich in ‚Laurin – Traktat eines Wesens' Hinweise, die keinen Anspruch auf wissenschaftliche Grundlagen erheben.
*5 Am Ende des ausgehenden 18. Jahrhunderts werden diese possierlichen Primaten erstmals beschrieben. In der heutigen Nomenklatur werden sie als Koboldmakis bezeichnet. Die Wissenschaft hat sich bisher nicht mit ihrer weltweiten Ausbreitung beschäftigt. Denn das, was Forscher nicht sehen, ist nicht wahr. Doch die Tarsiere existieren mit derselben Sicherheit in unserer Umgebung wie Zwerge und Feen.
*6 ein aktiver Vulkan im Grenzgebiet zwischen den chilenischen Regionen Araucanía und Los Ríos
*7 »Deutsche Sagen«, Anaconda Verlag, aus: Vorrede der Brüder Grimm zum ersten Band (1. Wesen der Sage, 14.3.1816)
*8 Johann Jacob Gebauer, »Der Naturforscher«, 1791
*9 Katharina Coblenz-Arfken, aus: Gott in der Natur - Aus den Uferpredigten G.L. Kosegartens (aus: Von der Menschenliebe), Edition Temmen 2012
*10 Robert M. Pirsig, aus: Zen und die Kunst ein Motorrad zu

warten, Kapitel 17, Fischer Taschenbuch Verlag 1995 (1. Auflage 1974)

*11 Djamils begleitendes Wesen, Näheres in ‚Laurin – Traktat eines Wesens', BoD 1. Aufl. 2015

Dirk Eickmeyer, geboren 1959 in Ostwestfalen, erlernte die Landwirtschaft und arbeitet heute selbstständig sowohl im Bereich der Medizintechnik als auch als freier Autor. Er lebt in Bad Salzuflen.

Dirk Eickmeyer bei Books on Demand GmbH

Laurin - *Traktat eines Wesens*

... eine fremde Frau begegnete mir. Sie leckte mir die Worte von den Lippen. Sie legte ihre Hand nach all den Vielleichts auf ihre Scham. Sie sagte, dass auf all die WENNS das IST folgt. Sie begann zu spielen. Sie streifte mir die Sehnsucht vom Kinn bis zur Stirn mit ihrer züngelnden Zunge übers Gesicht. Sie zog mich zu sich heran, verlangend, bestimmend, verzehrend...

In dem Augenblick, da Laurin in mein Leben trat, hat die Veränderung in mir begonnen. Die Prozesse, die Laurin in mir auslöste, waren anfangs von schleichender Langsamkeit, dann überschlugen sie sich und begannen zu fließen.
Doch ich möchte nicht vorausgreifen.
Begonnen hat alles auf einem Feldweg im Nordosten eines kleinen, vergessenen Fürstentums...

Erhältlich als:
eBook   6,99 €
Taschenbuch   9,99 €
ISBN: 9783738620818
116 Seiten

Reise durch Lappland *oder die Überwindung der Schwermut*

Die Erfahrung der Sonne zur Mitternacht, das Erleben absoluter Stille in Lapplands Wäldern und vor allem das *einfache* Leben in der Wildnis führten dazu, die Rangfolge persönlicher Werte zu überdenken und zu erkennen, dass weniger mehr ist.
'Reise durch Lappland oder die Überwindung der Schwermut' beschreibt in teils rhytmisierter Prosa eine Reise aus der Dunkelheit ins Licht, aus der Bedrängnis in die Weite und ist zweifelsohne eine Liebeserklärung an ein fernes Land...

Erhältlich als:
Taschenbuch, schwarz-weiß   9,99 €
ISBN: 9783735760821

eBook, farbig   6,99 €
Taschenbuch, farbig   16,99 €
ISBN: 9783735721303
128 Seiten

Pilgern in Skandinavien - *Tagebuchaufzeichnungen in Lappland*

Christen, Moslems, Juden, Buddhisten und Hindus suchen besondere Orte auf. Sie machen sich auf den Weg. Sie pilgern.
Das Pilgern ist somit nicht an einen der berühmten christlichen Wallfahrtswege gebunden.
Vielmehr ist der Pilger auf Pfaden unterwegs, die ihn zu sich selbst führen. Dabei kommt er dem Ersehnten unter Umständen ein wenig näher.
In Norwegisch Lappland liegt der Ort Kautokeino. Kautokeino soll so viel bedeuten wie *die Mitte des Weges*.
Dort gibt es das *Nichts*, deshalb ist der Autor in Kautokeino. Und das ist es, wonach er immer gesucht hat. Keine Ablenkung, nur das Wesentliche, die *Mitte des Weges*, Kautokeino.
Es sind saisonal begrenzte Versuche, der Fülle zu entgehen, um die Leere zu empfinden.
Pilgern bietet die Möglichkeit, sich mit elementaren Fragen wie *'Was bleibt am Ende einer Liebe?'*, *'Was bleibt am Ende eines Lebens?'*, *' Bin ich gekommen, um zu gehen?'* oder *'Wo bin ich zu Hause?'* auseinanderzusetzen...

Erhältlich als:
eBook   6,99 €
Taschenbuch   9,99 €
ISBN: 9783735759733
100 Seiten

Wege - Gedanken-Konglomerate voller Sehnsucht, Wehmut & Liebe

Die Geschichten beschreiben unter anderem das Nachfühlen der Jahreszeiten, besonders um die Zeit der Tagundnachtgleichen.
Sie entstanden sowohl in Mainz, dem Rheingau und Rheinhessen, Westfalen und dem Lipperland, Nordhessen als auch im deutschen Nord- und Ostseeraum. Allerdings finden sich auch Geschichten aus nördlicheren Ländern, vereinzelt gar Bemerkungen ferner Welten.

Erhältlich als:
eBook   6,99 €
Taschenbuch   9,99 €
ISBN: 9783738613230
156 Seiten

Trotzdessen schreit das Leben

Gedanken und Gedichte zwischen 1978 und 2016

Erhältlich als:
eBook   6,99 €
Taschenbuch   12,49 €
ISBN: 9783739222684
180 Seiten

Notizen:

Notizen:

Notizen: